萩原朔太郎 著
徐復觀 譯
陳淑女 校訂

詩的原理

臺灣學生書局印行

詩的原理　目錄

形式論

譯序

這幾年來，我偶然從日文中翻譯一點東西，一是針對某一文化問題的爭論，想藉此以幫助大家的了解；一是出於心情上的煩躁，想把這種工作當作精神上的鎭定劑。前歲暑假，毫無計劃的著手翻譯此書，其動機完全是出自後者。因此書「內容論」的前八章，都是關於藝術上最基本的理論問題，所以每譯成一章，將其中特別關連到詩的若干「過門」性的文字刪掉，使其保持相當的獨立形式，以「藝術上的若干基本問題」爲總標題，用內人王世高的名字，在香港王貫之先生所辦的「人生雜誌」上，分期發表。發表到了第十章，因忙於研讀其他的東西，遂爾擱筆。後來看到錢賓四、牟宗三兩先生時，都認爲此一譯文頗有意義；但我則已意興闌珊，沒有繼續翻譯下去。一年來教授大一國文的經驗，深深感覺到我們過去每喜歡用「可意會而不可言傳」一語去形容好的文學作品。而初學的人，只靠再三熟讀的方法，以達到「意會」的目的，因而得到作文的門徑。現在的青年，很難得有像過去那種熟讀的機會，於是講授的人，若對藝術的基本理論毫無了解，不能把過去認爲不能「言傳」的，通過概念的分解，大體上把它言傳出來，則要使學生於字句解讀之外，更接觸到文學自身的意味，以啓發其思路與技術，幾乎是不可能的事。因此，又時時想起此一未完的工作。現因東海大學創辦伊始，開課稍遲，乃得抽暇把未譯完的譯完，已譯而曾經有刪節的地方重新補足，使其成爲完璧。惟「形式論」中之原第十章「詩中的主觀派與客觀派」，第十二章「日本詩歌的色」，第十三章「日本詩壇的現狀」，都是切就日本的和歌與俳句等立論，與我國文壇的關係太少，所以只好割愛。幸而有「特殊的日本文學」一章，已概略底敍述了日本文藝的特性，且可作我國有關文藝反省的借鏡，所以對於其全部結構並無損害。

著者覺得詩的這一語言，從來都是曖昧模糊，不易把握其眞正意義；而一般詩人所作的詩論，又不過是各爲自己的詩作說明辯護，十人十義，缺乏理論上的普遍妥當性。他的目的，是要寫成一部任何人也可承認的，有普遍共同性的詩的原理。並要從現代自然主義、唯物主義的雰圍中，回復詩的主觀性，以喚醒詩之所以爲詩的靈魂。他經過了十年以上，鏤心鉥骨的思索，闖過了多次令他絕望的難關，才寫成這一部理路整飭的著作。所以此書本來在大正八年九月（一九一九年）已經預告出刊，但一直延遲到昭和三年十二月（一九二八年）始行問世。中間改寫三次，並將寫就的八百張稿紙，壓縮爲五百張。卽此一端，已可想見此書成立過程中的艱苦。他刊落藝術理論中的一切枝葉，深深底把握住最基本的主觀與客觀的兩條線索，條分縷析，以發現詩在整個藝術中的地位。更將藝術中，尤其是文藝中的其他部門，細心剖白比較，以凸顯出詩之所以不同於其他藝術或文藝的特性。所以這是以詩為中心的一部文藝理論著作。誠如著者在其自序中所說：「此書所思考的，不僅是詩的這一部門，而是要判別在文學藝術、及人生的全體中何處有詩的正當位置。所以此書所論的範圍，不僅限於韻文學之詩，而是涉及到在詩的本質上所能包括的一切文藝。從某一意義看，本書也可以說是一種「小說論」。因此，他認為讀者「至少可由此書而了解詩這一觀念所意味著的眞正根本的定義。並且，了解了這一點，便也了解了文學中最重大的精神」。同時，因其文字的特別洗鍊，所以深刻的思索，依然能明白簡當的表達出來，使讀者從環繞於藝術理論的雲霧中，可以很清楚的把握到最基本的意義。本書出版之初，引起日本文壇不少的爭論。作者對此，只希望讀者從頭到尾，一字不遺的讀了下去；覺得這樣便可對那些爭論能與以解決。作者的自信力，畢竟獲得了證明。此書出版後，十年之間，重版了十多次。前歲創元社收入「創元文庫」，成為日本文藝理論中銷行最佳的讀物，與日本文藝界以很大的影響。

我國係孤立語（Isolating Language）民族，在韻文上的修辭特為便利；而每一字所具之四聲或五聲，亦最易適合於韻律的要求。著者在文書中特別指出「詩是文字的音樂」，此語用在我國，眞是最爲恰當。同時，我國數千年的文化精神，概括的可以說是性情之敎。而性情正是詩的靈魂。因此，我國可說是天然的詩歌之國。事實上，以純文藝的眼光看，在詩歌這一方面的成就也別豐富。西洋文化，在每一部門中，都鬧着主觀與客觀的對立，詩歌也不曾例外。我國的詩歌，則常常是把主觀的情緒，通過客觀事物的形相以表達出來。由「情象」與「描寫」的合一，以構成主客兩忘，渾茫綿邈的境界，著者在本書最後特設「詩的逆說精神」一章，想由此以得到詩在主客對立中的精神的統一、理論的統一；這可說是著者追索到最後的苦心孤詣。但這對我國的詩而論，簡直可以說是多餘的，因爲在我國的詩中，並沒有主客對立的問題。所以譯者認爲我國在詩這一方面的成就，是世界詩中的最高的成就。但文藝的繼續發展，有賴於由理論反省而來的精神上的提撕。而一切理論上的東西，必須通過概念性的思考；這恰是我國文化中的缺點。因此，我國自古以來，關於詩的評論。雖是作者如林；然下焉者僅是枝節片斷的直感，很少接觸到根本的全般的問題。上焉者則依然是以詩的表現方法來評論詩，例如鍾嶸「詩品」，其本身即是一首好詩；因其缺乏概念性的陳述，不易達到理論反省的目的。假定能通過概念性的思考，把幾千年詩的遺產中所蘊藏的眞正精神，重新發掘喚醒，藉以激發人生內在的性情，潤澤人們枯槁的生命，因而增進民族精神的活力，我想這將是一件很有意義的工作。此書的介紹，我不認爲它對此一工作，能提供以現成套用的格架；但它可從正面，反面，乃至側面，與此一工作以啓發，則是無可懷疑的。同時，若因此而能對目前的文藝批評界，稍盡點推進澄淸之責，這倒也是譯者一種附帶而也是可能的願望。

民國四十四年十月十五日

譯者於臺中市

概論

詩是什麼？

詩是什麼？對此解答，可以從內容與形式兩方面提出來。實際上，許多詩人，自古以來，即從此兩方面與此問題以解答。若此類的解答是完全的，則我們聽取（形式或內容的）任何一方面的東西都好。因爲藝術中的形式與內容的關係，是鏡子裏面的映像與實體的關係之故。

然而，吾人不論從那一方面的解答看，也不曾聽到一個滿足的東西。特別是在內容方面。一般，都是很獨斷底，不過僅僅站在個人的立場以主張個人底說法。例如：或者說，詩是靈魂之窗，是天啓之聲；或者說，它是自然的默契，對記憶的鄉愁，是生命的躍動，是從鬱抑中的解放；十人十義，沒有一個普遍妥當的說法。畢竟，這些東西，乃是各個詩人主張各個人的詩論，而不是一般的「詩的原理」。吾人在本書所要說的，不是這種個人的詩論，而是對於一般，任何人也能承認的普遍共同的詩的原理。

從內容方面所作詩的解答，雖十人十義；但從形式方面所作的解答，卻不可思議底，多數人的意見都是一致，而歸結到古來的定說。即是以爲所謂詩者，是由韻律(Rhythm)所寫的文學，即是「韻文」(原註一)。試想，以此種解說作爲詩的定義，再沒有比這簡單，而且再沒有比這更能得到普遍的信任。然而，此種解說，果能把詩之所以爲詩的本質，從形式上加以完全的定義嗎？首先的疑問是韻律是什麼？韻文是什麼？在辭書上，固然對此已有完全的答案。但古來許多詩人，在此點上，卻態度曖昧，極力避開字義上所下的定義。因爲在他們的認識中，知道詩與散文之間，並沒有嚴格的分界線；韻文向前延伸，便常常混進到散文的那一方面去了。他們在這一點上是有些困惑，因而只好把語義曖昧的放下，這是他們的偷懶打混。

所以，Rhythm，或韻文一語，由各個詩人而解釋與意見各異。恐怕誰也知道此一語言在辭書上的正解吧。但是，許多詩人還是任意給它加上各人隨便的附說，結果還是與自己的詩連結在一起。因此，關於詩的形式的解答，究其極，仍然是與內容方面的解答相同，找不到共通普遍的一致，不外是各人的獨斷說的推論。然而，在這裏不妨先假定各人的意見是一致，承認以辭書所正解的韻文，爲詩之所以爲詩的典型的形式吧。但是，即使是如此，此種解答依然是可疑，使人不能作爲定義來接受。

若詩之所以爲詩即是韻文，則大體由韻律式形所寫的一切東西，必然的是皆應屬於稱爲詩的文學。然而，世上還有一面具有正規的格律，押韻的形式，而在本質上卻不能稱之爲詩的文學。例如，據說是蘇格拉底，作爲韻文修辭的練習，在獄中所寫的伊索（AEsop）寓言的押韻翻譯，據說是亞里士多德所寫的押韻的論理學；或者像我國（日本）常看到的道德處世的教訓歌，爲便於學生記憶歷史地理的和歌等等。此等文學，誰也一見都可承認它確是如文所示的正規韻文；但從本質上說，卻不能稱之爲詩。相反的，在另一方面，像屠格涅夫（Turgenev）或蒲特雷（Baudelaire）們所寫的詩文，雖然是散文的形式，但本質上，卻是被稱爲詩的文學，即所謂散文詩（原註二）。

所以，詩的解答，非與散文（Prose）相對而稱爲韻文（Verse）的這種單純斷定所能盡其意義。至少，此種解答，若非對於「散文」「韻文」附加以特殊的解說，即使僅作爲式上的看法，也沒有合理底普遍性。若實在是合理的東西，則形式自身既是內容的投影，那麼，在本質上不能認爲是詩的文字，便不可能從外表上混了進來。由此可知不論從形式上說也好，從內容上說也好，古來對是詩所作的一切的解答，沒有一個合理底普遍性。對於詩是什麼的這一問題，過去人們所作的解答，都是執著於部分偏見的謬誤。或者是通過特殊之窗所看到的個人獨斷底主張；從來就沒有一個一般遍底，對於任何詩，任何詩人，都可以相共通而爲眞理的解答。

本書爲了要提出此一普遍底解答，想從內容與形式兩方面加以考察。因爲所謂詩者，是「詩的內容」，採用「詩的形式」的東西。故在這裏，將本書的前半做爲內容論，後半做爲形式論，想將前者的肖像，映出於後者的鏡面之中，以組織此一論述。

原註一：有人解釋詩的韻律，爲心上所起的音波；這是把形式移到內容的說法；由此一說法，而產生自由詩之所謂「內部韻律」的觀念。但是，這樣一來，「韻文」的意義更成爲不可解的了。

原註二：詩與韻文，若是同義語，則所謂散文詩又是什麼呢？散文（不是詩的）與詩（韻文），用一句話連接起來，好像同時想到北與南，善與惡的這兩種反對物的矛盾。

內容論

第一章　主觀與客觀

詩這一語言所指的內容上的意味是什麼呢？例如某一自然風景，某種音樂，或某種小說，有時被稱爲是「詩底」，被稱爲是富有詩意；此時之所謂「詩」，究竟意味着什麼呢？吾人在本書之前半部，想解決此一問題。然而在解釋這以前，不能不就表現（按卽藝術）的一般性東西，看看其原則之所根據。何以故？因此種意味的「詩」，不是由於其特殊的形式，乃是關涉到所有的一切東西，而指謂着其內容的本質之點。以下，吾人想暫與詩的這一觀念別開，對於表現原則的公理，試作基本的考察。

一切藝術，都可分屬於兩個原則之下。卽是，主觀態度的藝術，與客觀態度的藝術。實際，一切的表現，總不出於所屬的兩個範疇之外。當然，我們所想了解的詩，也不能不屬於二者中之一。所以在這一點上應認識淸楚，作徹底的硏究。可是，什麼是藝術上的主觀態度？什麼是藝術上的客觀態度呢？這裏，有一點自始就很明白的，卽是主觀意味着「自我」，而客觀則意味着「非我」。

一般的常識，卻以單純的想法去加以解釋。卽是，由於作者以自我爲表現的對象，或以自我以外的外物爲表現的對象，遂稱之爲主觀底描寫或客觀的描寫。然而，此種解釋，實在是淺薄，不能算作眞正的說明。假定照這樣解釋，則畫家以自己爲模特兒的自畫像，不能不常常看作是主觀藝術的典型。難道有這樣荒唐無稽的看法嗎？同是自畫像，也有主觀態度的畫風，也有純客觀的畫風。對畫家而論，模特兒是自己，或是他人，並沒有關係。文字也是一樣，描寫作者自己私生活的作品，不一定可稱之爲主觀底文學。某一淺薄的解釋者，把用一人稱的「我」所寫成的小說，概稱爲主觀底文學；但是，若以「彼」字代替此一小說中的「我」字，或者換入靑野三吉這類旁人的固有名詞，難道只因將文字這樣掉換一下，主觀小說，就立刻變成爲客觀小說嗎？

有常識的人，誰也不作這樣愚笨的想法。某一小說，其主人公是「我」或是「彼」，與文學的根本樣式無關。某一作家，若以科學冷酷的態度，純批判底觀察自己，揮着寫實主義的刀鋒，作成自己的解剖像，你尙能把他稱爲主觀底描寫或主觀主義的藝術嗎？此時的模特兒雖然是自己，而實際，卻是客觀的描寫。反之，某一作品，雖然以自己以外的第三者或自然外界事件爲對象，卻常常可以看作是主觀主義。例如雨果（Hugo）們的浪漫派小說，專描寫廣大底人生社會；然而一般的定評，皆視爲主觀派。反之，日本自然派小說的大部分，都是以作者自己爲模特兒的小說，可是當時文壇的批評，都認這是客觀文學的代表。更舉一個例子吧，西行（日本詩人）是個自然詩人的典型，專歌詠自然的風物；然而，在過去與現在，都以他的詩格是高揚主觀主義。

所以主觀與客觀的區別，不必是對象的自我與非我；它有其更深的意義，而係決定於某種更根本的東西。此處所不能不首先提出的問題，是「自我究竟是什麼」的疑問。主觀既是意味着自我，則此問題的究極點，不能不落在這裏。自我是什麼呢？第一，我們可以了解自我的本質並不是肉體。爲什麼？畫家可以把自己的肉體映在鏡子裏面，當作一個客觀底存在而加以描寫。還有，自我的本質，恐怕也不是生活上所能記憶的經驗。爲什麼？許多小說家，常以自己的生活經驗爲題材，作極客觀的描寫。

所以，自我是什麼？最低限度，在心理上所能意識到的自我的本質是什麼？對於此一困難的大問題，恐怕任何人也不容易解答。但幸而近代大心理學者詹姆士（William James, 1842-1910），對此作了判然的解決，給了有名的答案。他說，在同一寢室中老大和老二二塊兒睡覺。早上老大醒來時，怎樣能把自己的記憶和老二的記憶相區別呢？因爲自我的意識，是「溫感」的，有某種親切溫暖之感。但非我的記憶，是「冷感」的，有與自己無關的生疏之感（詹姆士：意識之流）。

由於詹姆士的解釋，我們開始能自覺到在意識中的自我的本體。所謂自我，實係一種溫熱之感；而所謂非我，則爲不伴隨着溫熱的一種冷淡疏遠之感。所以凡是伴隨着溫熱之感的，在我們的語言上，便稱爲「主觀底」。而且溫感之所在，它自身卽是感情（含着意志）；所以凡所謂主觀底態度，必然是意味着感情的態度。相反的，缺乏人情味，充滿知底要素的，因爲它是冷感，所以便稱爲客觀底態度。例如看見虐待可憐的小動物而生憫憫之情，出以感傷的態度，這可以說是主觀底態度。反之，若採取毫不相干的態度，用冷靜的知性之眼去加以觀察，這可認爲是客觀底觀察。

這裏所能想到的，是語言做解釋的一般樣式。一般人愛這樣的想：主觀是執着於自我的態度，而客觀是離開自我的態度；誰也會以這樣的想法是對的。但試想想看，世上再也沒有比這更奇妙的想法了。爲什麼？人既不知道分身術，則自己離開自己的奇蹟，實際上是不可能的。然而，此種想法，人們總覺得是理所當然似的，非常底流行，這是因爲此處的所謂「自我」，常係指的是「感情」。所謂「離開自我」，指的是排斥感情，採取理智底冷靜態度。而所謂「自我的執着」（我執），是意味着採取感情的態度。

如上所說，所謂「自我」與「感情」，在心理上，成爲同一字義的解釋。所以主觀底東西，必然是感情底。例如，在前舉的例子，西行的歌，雨果的小說，雖然是以外界的自然或社會爲題材，然所以都被評爲主觀底，是因爲它表現的態度是感情底；作家是以其情緒或道德感，一往情深的來看着世界。反之，自然派的小說，雖然是寫着作家的私生活，但一般都評之爲客觀底，是因爲它描寫的態度冷靜，採取「知底」沒情感的觀照。所以藝術上的主觀主義，指的是強調着感情或意志的態度；而客觀主義，則指的是排除情意，由冷靜的知底態度以觀照世界的態度。

因此，正如一般所說，客觀，一定是「冷靜的客觀」；而主觀，常常是「熱烈的主觀」。像「冷靜的主觀」，「熱烈的客觀」的這種逆說，宇宙任何語言中也不存在。熱與主觀是一語；冷與客觀是一義。因此，一切主觀藝術的特色是溫感，一切客觀藝術的特色是冷感。在許多藝術品上，是如何現出兩種顯明的對照，將在次章加以說明。

第二章　藝術的兩大範疇——音樂與美術

構成人類宇宙觀念的東西，實際是「時間」與「空間」這兩個形式。所以我們一切的思維及表現形式，畢竟不出這兩個範疇。就我們思維的樣式看，一切主觀底人生觀，是關涉於時間的實在，一切客觀底人生觀，是關涉於空間的實在。所謂唯心論與唯物論，觀念論與經驗論，目的觀與機械論等人類思考的兩大對立，終究，都是以此爲基準。

若就表現來看此種對立，則音樂是屬於時間，而美術是屬於空間的。實際，音樂與美術，是一切藝術之母，是一切表現範疇的兩極。即是，屬於主觀主義的一切藝術文學，以音樂的表現爲典型；屬於客觀主義的一切，則以美術的表現爲典型；所以，對音樂與美術的比較鑑賞，自然通於文藝的一般底認識。

音樂與美術，是何等顯著的對照。在一切表現中，再沒有像這樣對照得顯明，典型底規範着藝術的南極與北極。先聽聽音樂吧，貝多芬的交響樂，蕭邦的鄉愁樂，舒伯特（Schubert）的可憐底歌謠，聖松（Saint-Saens）的雄壯軍隊進行曲，是以何等熱情的強大魅力，煽動着各位的感情啊。音樂好像是在人的心中注入酒精，在烈風中點着火一樣。音樂的魅力是酩酊，是陶醉，是感傷。它或把人心導向感激的高峯，使人像熱風樣的狂亂，或令人淚濕青衫，情懷棖觸，哀感嗚咽，情不自勝。若假借尼采的比喩說，音樂才是希臘的酒神。是那個希臘式狂暴，好破壞，熱風底，酩酊而陶醉的好酒之神。

對於這，美術該是多麼靜觀底，安詳底，以智慧深湛之眼所造成的藝術。各位試着在聽了音樂會演奏之後，立刻向美術展覽會去吧，在那種靜底、柔和、安詳的光線氣氛之下，一面慢慢的走，一面慢慢的鑑賞的時候，大概便會了解音樂與美術，在藝術的根本立場上，是如何站在相對的兩極。連會場空間的本身，音樂演奏，是熱的；聽衆是顛狂底感激。而美術展覽會，則是靜寂無嘩，深具意味底，閃着鑑賞的智慧，聰明底眼睛。一邊是「狂熱」，一邊是「靜觀」；一方的熱情燃燒，一方是智慧澄澈。

實在，美術的本質，是突入到對象的本質，想要把握「物如」實相的直覺底認識主義的極致。銳利的智慧底眼珠，澄澈於客觀的觀照。所以當鑑賞繪畫時，常有寂靜的秋空，澄瑩的直感，不紛擾的靜觀，和叡智的普照不遺的慧眼。使看的人，感到一種冷澈清涼的「水之美」。在這種關係上說，音樂正是「火之美」，而美術則正是「水之美」。一方是由燃燒而來的美，一方是由澄澈而來的美。並且不止是繪畫，一切的造形美術，都是這樣。例如建築之美，是在其幾何學的，數理式的，保着均齊調和，靜立於大地之上的那種清冷靜寂的感觸。這是理智的靜觀美，而不是熱風的感情美。若用尼采的比喻說，美術正是由智慧的女神阿波羅（Apollo）所表徵的端麗靜觀的藝術。

由音樂與美術所代表的這樣顯著底兩極的對照，是普遍於一切藝術之中，而成爲主觀的東西與客觀的東西的對照。即是，主觀底一切藝術，是類屬於音樂的特色；而客觀底一切，其本質上則都屬於美術的範疇。就文學說，詩與音樂相同，是高揚着情熱底，溫暖的主觀；相反，小說大體是客觀底，與美術同樣是知底，冷靜描寫人生的實相。即是，詩是「文學的音樂」，而小說是「文學的美術」。

然而，語言所表達的意味，常常是關係上的比較；所以由關係的不同，語言所指定的東西也隨之而異。例如函館是在日本之北，而臺北是在日本之南。但從北海道的地圖來看，則函館在南；而從臺灣地圖來看，則臺北又是在北。所以進到詩和小說的各個內側的世界裏面看，則主觀主義與客觀主義，在各部門中又是兩相對立，而各成爲音樂型與美術型的兩個分野。先就小說看吧。稱爲浪漫派人道派的小說，大體是主觀主義的文學；屬於自然派寫實派的，多半是客觀主義的文學。因此，前者的特色，爲沉溺於愛或憐憫之情，或強調道義觀，正義觀的意志，一切像音樂樣是燃燒的。反之，客觀派的小說，是想以知底冷靜的態度，描寫社會現實的眞相。

在詩這方面，還是同樣有這兩派的對照。例如，西洋詩的抒情詩與敍事詩的關係，便是如此。如一般所說，抒情詩是屬於主觀底詩，而敍事詩則屬於客觀底詩。然而，說敍事詩是客觀底者，並非因爲它是寫歷史或傳說的原故，實因具有更深更本質的意味。這一點，留在以後再講。再就各個的詩派說，屬於歐洲浪漫派象徵派的詩風，概富於情緒的音樂感；而屬於古典派高蹈派的東西，則重視美術底靜觀與形式美。

所以主觀主義和客觀主義，在一切的藝術部門，各表現着顯著的對立。實際，即使是美術與音樂之類典型的藝術，在其各自的部門中，也有左右兩黨的對立。先就美術看，一方有高更（Paul Gauguin. 1848-1903）梵谷、姆希（Edvard Munch 1863-1944）、及詩人畫家布雷克（William Blake. 1757-1827）等，代表典型的主觀派。即是，這類的畫家們，對於對象不是描寫它的實相，而是以熱情的態度將主觀的幻想及氣氛，塗寫在畫布上，像詩人樣的加以詠嘆，激賞。所以他們的態度，與其說是以畫作畫，無寧說是以畫奏音樂。然而，另一面，則有米開蘭基羅（Michelangelo. 1475-1564）、羅丹（Rodin. 1840-1917）、塞尙（Cezanne. 1839-1906）等，純粹以觀照的態度，想確實抓住事物眞相的美術家中的美術主義者。

音樂也是同樣的，有主觀主義的標題樂，與客觀主義的形式樂相對立。所謂標題音樂，是想在情緒的氣氛中表達樂曲標題上的「夢」或「戀」的音樂；其態度純粹是主觀的。然而形式音樂的態度，由對位法的樂式，則重視樂曲的構造，組織，去構想造形美術那樣的莊重美，是極理智底靜觀的態度。即是，形式音樂，可說是想對位法的賦格(fuga)或加農(kanon)

樂式「音樂的美術」；而內容主義的標題音樂，則正可說是「音樂中的音樂」。

第三章　浪漫主義與現實主義

上面講過，一切藝術，都可分爲主觀與客觀兩派，這成爲表現上決定性底區別。實在說，這兩派是劃分藝術曠野的兩個範疇；二者互相對陣，各立旗號，以各自的武器互相攻擊。

人的好戰性好奇心，常使兩者彼此衝突，想看出它的優劣勝敗。然而，兩者的衝突，一開始就沒有多大意義，實無優劣可言。爲什麼？主觀派的大將是音樂，而客觀派的本營是美術。誰能夠判定音樂與美術的優劣呢？若有人勉強判定，這不過是表示個人趣味的好惡罷了（一切藝術上主義之爭，結局，都不過是個人的好惡）。

雖然是如此，但古來兩派的對壘，在文學上一直循環著一勝一敗的爭論。此種不可思議的鬪爭，也可以承認它有另外的一種意義。因爲由此而可使表現上的兩大分野的特色更爲明瞭，使彼此的旗幟能特別鮮明顯著。所以，在激戰的陣地上，不妨聽聽左右兩軍的主張，查查在突擊中的文學信號。

文學上主觀派與客觀派的對立，常稱爲浪漫派與自然派，或人道派與寫實派的對立。文學上的客觀派——卽寫實主義與自然主義者——常這樣的說：

勿沉溺於情感；
應該排斥主觀。
生根利現實中去吧；
就其原有如實底描寫自然。

對於，文學的主觀派——浪漫主義或人道主義者們——卻這樣的說：

用你的熱情來寫吧；
高揚着自己的主觀。
應該超越現實，
高揭你的理念。

試將兩派的主張加以比較，便知道雙方是怎樣的正相對峙，而且形成鮮明的對照啊。前者認爲是正的，後者認爲是邪。後者的主張恰是前者所否定的。然則二者爲什麼要這樣正面衝突呢？蓋兩者議論之所以不同，是因爲對於人生哲學——人生觀的本身——在根本上的異致。文學上一切的異論，實際都是從人生觀的差別而來。

試就客觀派的文學，即自然主義，寫實主義來看吧。人生是一個實在：正如現實中的所有，正如現實中的所見。而且生活的目的，不外乎是在現實世界中觀取自然人生的實相，觀照眞實（Real），以把握存在的本質。所以他們作爲藝術家的態度，乃在於其對「原有的世界」作「原有的觀照」。此種生活態度，是知的，是認識至上主義的，是一切「向眞實觀照」的。即是，這是「爲了觀照的藝術」。

然而，在另一方面，浪漫主義等的主觀派文學，卻抱著和這不同的人生觀。對於這一派來說，人生不是「現實的」，而是「應當的」。現實的世界，對於他們是不滿，是缺憾，是充滿了罪惡與虛僞。「應當的」人生，決不是這樣的。眞正實在的，不是這樣醜惡不愉快的現實；而應當是不能不是，超越此等現實的其他「觀念的世界」。所以在這一派的人看，藝術乃是向這理念（Idea）的祈求禱告；或者是爲了脫離現實之苦的悲痛而熱情的呼號。這不是什麼「爲了認識」的表現，而是情意燃燒着的「爲了意欲」的藝術。

這兩種藝術，一開始，在人生觀的根底上便不相同。一方認爲現實的世界是眞的；是美、完全與調和的一切，皆在現實的觀照中而可成爲實在。據他們的主張，實在並非在「現實以外」，而係在現實之中（因此而提出「凝視現實」的標語）。然而，另一方的人生觀，則以實在（real）不在「現實之中」，而係在自身理想之中，觀念之中。換言之，這個現實世界，是不滿足的東西——不能肯定的東西——：應該考慮的世界，是由主觀構成的「觀念世界」（因此而提出「超越現實」的標語）。

這兩個不同的思想，讀者馬上會聯想到希臘哲學的兩個範疇，即柏拉圖與亞里士多德。實際，柏拉圖的哲學，自然是代表藝術上的主觀主義；而亞里士多德則係代表客觀主義。係照柏拉圖的思想，「實在」並不在現實的世界中，而是存於形而上的觀念界。同以哲學的思慕，是在是向此理念（Idea）憧憬，向此理念鼓著羽翼，驅著熱情，吹徹鄉愁的橫笛。反之，亞里士多德，則認定實在係存於現實世界之中。他駁正柏拉圖的說法，把眞理從「天上」落到「下界」，從「觀念」落實到「實體」。他實係現實主義（Realism）的創始者。他代表著與柏拉圖的詩底浪漫主義的相對的兩極。而且這兩個思想，從古到今，一貫的成爲哲學上的兩個分派，恐怕一直到遙遠的未來，還是貫穿哲學歷史中的兩個爭論陣營。只要哲學上這兩派的爭論無窮，藝術上這兩派的爭論也永無止境。

到這裏，總算把「主觀主義」與「客觀主義」在藝術上兩派的宗趣弄清楚了。要之，兩派的不同，不過是由於它們所認定的宇宙，或者以爲是在自我的觀念，或者以爲是在現象界的實體的，這種內外兩面的區別。（試把這照著音樂與繪畫來想想看看吧；）然而存於觀念界的東西，常認爲是自我（主觀）；存於現象界的東西，常覺得是非我（客觀）；這便產生主觀派與客觀派的名目。在其他的章裏，已經從心理學上的見解，說明了所謂「主觀」到底是什麼。這裏更可從實在論的見地來弄清楚了主觀的本性。卽是，主觀卽係觀念(Idea)；是自我的情意所希求的最高的東西；僅有這，才算是眞實、實體、成爲所規範的自我(Ego)。因此，所謂「高揚主觀」者，是揭舉自差的理想或主義，堅強底主張觀念的意思；所謂「捨棄主觀」者，是捨棄這種理想，或先入之見的一切意識形態的敎條，以非我底冷淡態度，正視此「現實世界」，正視此「原有之姿的現實」的意思。

這裏的所謂「捨棄主觀」，是自然派乃至其他客觀主義文學所常常揭示的第一個標誌；但對於主觀主義的文學而論，則主觀的自身卽是實在，是作爲生活目標的觀念；所以捨棄主觀，是自殺行爲，是全宇宙的毀滅。就他們看，此種「原有之姿的現實世界」，是充滿了邪惡與缺憾的地獄，是存在的謬誤，是在認識上所不能肯定的虛妄。因爲他們認爲可稱爲「有」(Real)的只有觀念（Idea）。此外，都不過是虛妄的虛妄，影子的影子。

然而，在客觀主義那一方面，則認爲只有現實的世界才是眞實，才可稱之爲「有」：存在於主觀觀念的世界，不過是不實的由觀念而來的構想物——空想的幻影，虛妄的虛妄。所以兩方的思想正正相反，同是 Real（有）這個字，恰是相反的使用著。

最能說明此兩方思想之不同的，莫過於柏拉圖和亞里士多德的美術論。照柏拉圖的意見自然是理念（Idea）的模寫；然而美術是模寫此種模寫的，所以是虛妄的表現，是卑賤的，劣等的技術（他以音樂爲最高的藝術，以美術爲劣等的藝術，很像柏拉圖這個人，是自然的，反之，亞里士多德雖同樣認美術是自然的模寫，但正因爲如此，所以認爲它代表眞實，是智慧深湛的藝術。

要之，客觀主義，是立足於現實世界中肯定一切「現在（Sein）的東西」，就中看出其生活意義和滿足的現實人生觀之上。客觀主義的哲學，本身就是現實主義。反之，主觀主義，是不滿現實世界，追求一切「不現存的東西」。他們在現實的彼岸，不斷的求生活之夢，熱情於此種夢的追尋。所以主觀主義的人生觀，是浪漫主義。

在藝術上的主觀主義與客觀主義的對立，畢竟歸結於人生觀的浪漫主義和現實主義的對立。他若是浪漫主義者，則必然是表現上的主觀主義者；他若是現實主義者，則必然是表現上的客觀主義者。然而言語是概念上的指定；不是指的具體底事物；所以概稱爲浪漫主義者或現實主義者之中，卻混同著各有特色的許多別種。例如，普通稱爲現實主義者的作家中，也有在本質上卻是浪漫主義者。又在浪漫主義者之中卻有理念不同，氣質各別的人人。以下，再把這些區別逐項的弄清楚。

第四章　抽象觀念與具象觀念

如前章所述，主觀主義的藝術，不是「觀照」，而是在不能滿足的現實世界中，揭示出自我所情欲的觀念，由其對此觀念不能自已的思慕而來的控訴、歎息、悲哀、憤怒、叫號的藝術。所以世界之對於他們，不是現有的東西，而是應當有的東西。

然則「應然的世界」是什麼呢？這卽是主觀上所揭示的觀念，由各人的氣質、個性、境遇、思想而內容隨之不同。並且各個主觀底文學者，都想從各個特殊的觀念去構想各自的「夢」與「烏托邦」，以創造各自所認爲美的世界。然而在這種觀念（Idea）之中，也有概念的定義非常明白，極爲抽象底觀念；也有觀念上幾乎全未言明，某種縹緲而象徵底，具象底觀念。

首先，觀念上最爲清楚的，是一般所說的主義。凡是稱爲主義的東西——不論任何主義——，都是觀念由抽象的思想，而將主張給以定義底概念化；所以在一切觀念之中，以這最爲清楚。但是，藝術的本質，本是具象底，而不是抽象，不是概念底。所以如後所述，大凡藝術所揭示的觀念，不是屬於稱爲「主義」這一類的，而是觀念上較爲漠然的，因之，是具象上較爲實質底的另一種稍稍不同的觀念。這姑且留待後述，在下面，還要對主義稍加解說。

誠如大家所知道的，主義有各種各樣的，簡直是數不完的無數之多。但一切稱爲主義者，是各人所揭示的觀念；是主觀上的「應然的世界」。各個主義者，想由此而指導世界，改造世界。所以任何主義，其本身不能不是「理想的東西」。然而世上也有反理想主義的主義。例如「現實主義」「無理想主義」「虛無主義」這一類的主義。

這是如何的矛盾；人的主觀上假定沒有傾向某種理想的觀念，如何能稱之爲主義。至於說他自身確是主義，而且是拒絕理想的主義，這又是什麼道理呢？實際，這並非不可思議。因爲「否定理想的主義」，在其否定理想的這一點上也可以看出其自身的理想（觀念界）。例如佛敎的幽玄哲學，它否定一切的價值，以主張其最高的價值（涅槃）。又如達達主義（dadaism 未來派之極端），一面說它「不信奉一切主義」，而實卽信奉其「不信奉主義的主義」。所以，在絕對的意味上說，世上沒有無理想的任何主義。一切的主義，其自身卽是理想底，觀念底。

然而，如前所述，藝術不是抽象底，而是具象底，所以純粹的藝術品，並沒有可稱爲「主義」的這種概念上的觀念。藝術家所有的觀念，是更漠然的，在概念上幾乎是不能反省的，而僅是某種「感觸的意味」。藝術家——只要是純粹的藝術家——決不是任何的主義者。因爲藝術由於有主義而會失掉眞的「表現」。爲說明此一事實，以下將觀念上「抽象底東西」和「具象底東西」，卽是，觀念的抽象物和具象物，究在何處不同，試加說明。

一切具象底東西，是從各種複雜的要素成立的。所謂具象底（具體底）存在，實係「多」融合於「一」之中，是部分有機底滲透混和於全體之中，因而得到統一的東西。然而理智的反省，則是把具象的東西，由概念加以分析，把有機底統一，換爲無機的各部分，將各部分放置於各個壁櫃之中，在抽斗加上卡片，以便索引。有必要時，吾人可由索引找到一個壁櫃而抽出之。這就是「抽象」。所以概念上所抽象的東西，不是眞正具體底東西；而是從全體加以分離。設置壁櫃，經過人爲整理的東西，它沒有任何生命底有機感。眞正有生命感的「事實的東西」，常是具象的而不是由概念所抽象的東西。

在吾人生活上，常常爲吾人所感、所思、所惱的東西，其自身都是具體底東西。這是由環境、思想、健康、氣氛等等的許多條件所構成的。然而，人的言語，都是抽象上的概念，不過是事物的定義而已。所以只要言語被用爲概念——即說明或記述——，畢竟就不能傳達這種實際的想法。爲表現這種具體的想法，只有繪具、色彩、音律、描寫、文學等等。而且吾人稱這些爲「表現」。表現卽是藝術。

一切藝術家們，對於人生所保有的理念（Idea），都是從這種生活感覺上的慾求而來的眞正具體底東西。所以這不是像信仰主義者所保有的，能加以議論，說明，概念化的東西。作爲主義的理念，其本身是抽象上的觀念，是具有由人爲所區劃的壁櫃，及附有容易尋找的卡片的思想；所以不論何時都可以反省的照出，自由的辨證，並能在定義上加以說明。然而藝術家所有的理念，不是這種無機物的概念，而是有機的生命感。此種生命感，不是由分析所能捕捉的，所以完全不能說明，不能議論；僅作爲氣氛上的意味，在意識上能夠感覺到罷了。

所以藝術家對於他自己的理念，常沒有反省上的自覺。換言之，藝術家對於人生是在追求着什麼以成爲理念，在他自己並意識不到。向他人說明這種理念是什麼，更爲不可能。他們的理念，僅通過他們的音樂、繪畫、小說等的表現而說了出來。例如看歌磨的畫，可以很清楚的知道他的理念是向着色情主義的纖艷底沒落。所以藝術僅有靠表現才能作眞實的理念的說明。而且所能表現的，也決非具有何等的概念。有概念的理念，已經不是具象底東西，而是抽象的；因之，這是屬於「主義」範疇的東西。

譯註：歌麿名善多川歌麿（1754—1806）日本著名浮世繪畫家，以畫女性美著名。

所以藝術及藝術家的理念，和「觀念」這一語言所具有的文字感並不適切。觀念這一文字的本身，卽暗示着某一個概念，其自身卽指示一種抽象觀。然而藝術的理念，是眞正具象的東西，所以不適切於這樣的語言感。用「Vision」或「思」字，到還覺得適切些。而且更適切的，還有「夢」字。在這裏，以「夢」字代「觀念」二字，此時，其實體的意味，倒可清楚的了解了。卽是，藝術家的生活，不是指示「觀念的生活」，而是「抱持夢的生活」。假使是屬於前者，則不是藝術家而成爲主義者。

許多有生命感的藝術品，在其一切的表現上，都在說明這種具體底理念。例如托爾斯泰、杜思妥也夫斯基（Dostoevsky），史特林堡（Strindberg）們的小說，在各個作家的立場，對於人生，總蘊含着有某種的理念。吾人通過他們的作品，可以觸到了這種理念的熱情，可以直感到某種的意味。然而，若想把它移到語言上作定義式的說明，便是不可能的。爲什麼？因爲這不是主義，也不可說是理想，而僅是作爲具體底「思」，使讀者發生非概念底直感。藝術批評家所應做的事，則是分析這種具體底觀念，從抽象上去衡定它，於是或者發現托爾斯泰是人道主義，史特林堡所保有的是厭世觀。

同樣的理念，對於繪畫、音樂、詩，都一樣可以發現：它們的本質都是相同。然而，詩在文學中是最主觀的東西，所以像詩和詩人這樣的眞正高調着理念，而與以深刻表現的，可以說是沒有。詩人生活的理念，純粹是具體底；完全不能由概念說明，而僅作爲一種氣氛，可以完全底感受到。芭蕉（日本詩人）把對於理念的思慕稱爲「綿綿之思」。他由此而動了羈旅之情，走遍了僻地的細路三千里。西行也和這一樣，從某種不能滿足的人生孤獨之感，而常常吟咏着蕭條的山原，追求着某種的理念。他們所追求的，在任何現實中也無法滿足，這是向柏拉圖底理念——靈魂的永遠的故鄉——的鄉愁（Nostalgia），是思慕之夢的眞實化。

我想，這樣的理念，恐怕是許多詩人共同的本質，是詩底靈魂的本源。因爲古來許多詩人所歌詠的，在其究極，只是傾訴着躍動於生命深處，怎樣也不是情欲所能滿足的某種孤獨之感。實際，像啄木（日本詩人）所歌詠的一樣：「沒有生命的可悲的砂啊，把你輕輕底握住，又從手指間落下去了。」「這好似從高飛下的心，就無法消磨這一生嗎」？他所追求的是什麼？恐怕連啄木自己也不知道。僅僅在何地，何時，追尋着燃燒樣的生活意義，如羣蛾撲火，投出全主觀之一切的心的永恆憧憬，追求實在的理念的熱情。所以他們的生涯，由藝術也不能滿足，由社會運動也不能滿足，他們所過的，是追求人生之旅的思慕的生活，是心境沒有着落的傷心人的生活。

詩人有何處而不會傷心的嗎？中國詩人以懊惱之情，而嘆息「春宵一刻値千金」。這是向快樂的無力冒險，向追也追不上的生命的意義的嘆息，向通於一切人心的歎息。畢竟，詩人的理念是較優於其他藝術家，深深燃着熱情的「夢」中的夢。

原註一：浪漫主義與理想主義兩個類似名詞的分別，正可表示理念的具象與抽象的差異。所謂理想主義，是意味著對被概念化的某一個具名稱的觀念的理想；浪漫主義，是意味著某種漠然的，不具名稱的理念的憧憬。所以在藝術家的主觀中，不是理想主義，僅常有浪漫主義。

原註二：哥德在其與愛克曼對話中，曾如次的說：

「觀念（Idea）？我不知道這種東西。」

「德國人來到我這裏，尋問在浮士德中你將具體化一種怎樣的觀念？好像自己完全能够知道這，而且能將之說出一樣。」

「我自覺的想表現一貫的觀念的唯一之作，恐怕是『親和力』這本作品。因此而可使某一小說容易理解；但並不能說因此而能使它成爲好的。文學作品，越不可測，越難用悟性去理解，便越是好的。」

第五章　爲生活的藝術　爲藝術的藝術

（一）

藝術家的範疇有二，主觀的藝術家與客觀的藝術家。前者常是追求觀念，對於人生採取「意欲」的態度。後者常是保持靜觀，對於存在採取「觀照」的態度。這是前面已經說過的。

主觀的藝術家們，由於對人生是懷抱着意欲，夢想着更好的生活，所以常不滿於「實然世界」，而常憧憬着「應然的世界」。而且，這種「應然的世界」，才是現示於他們藝術中的Vision（光景），是揭示於他們主觀中的觀念。所以這種藝術家們，是生活於觀念，希望在觀念中實現其希望。他們眞正所願望的，是在主觀所熱切期盼的夢中，實際的生活着。即是，理念（Idea）是他們的生活目標，規範，願望的一切理想。而且藝術（表現）不過是對於此種理念的憧憬，勇躍的意志，或者是嘆息，祈禱，或者是絕望而卑微的安慰——可悲的玩具——。所以表現之對於他們，不是眞正第一的東西，而是到達理念的眞正生活過程中的「爲生活的藝術」。若是他們能達到希望，聽取了他們的祈禱，實現了熱情的理念之夢，則已經沒有表現的必要，藝術也馬上被拋棄了（但是眞正藝術家的夢，是接觸到理念深處的實在，永遠無實現的可能，所以，結局，他們還是終生的藝術家）。

然而客觀的藝術家，則以另一態度來考慮表現的意義。他們不以主觀來看世界，而係認眞觀察對象。他們的態度，不把世界拉到自己這一方來，而是從原有之姿的現實中看取其意義與價值。所以，對他們而論，生活的目的，是在於價值的認識，眞或美的觀照。然而，在藝術，觀照的本身就是表現，所以生活與藝術，他們認爲完全是同一義的東西。即是，生活即藝術，從事藝術即生活。藝術不在生活之外，在藝術自體之中即有其目的。爲什麼？因爲他們以爲生活的目標即是表現（觀照）；藝術與生活，不過是言語的二重反復(Tantology)可以說，藝術正是「爲藝術而藝術」。

（二）

文壇所說的「爲生活的藝術」和「爲藝術的藝術」，眞正的本質，實如上所述。此即爲

「爲理念而藝術」與「爲觀照而藝術」的別語；究極的說，是從主觀主義與客觀主義，浪漫主義與現實主義的人生觀底見地而來的，對於藝術的看法。凡是站在主觀底浪漫主義立場的人，必然是「爲藝術的藝術」；站在客觀底現實主義立場的人，必然是「爲生活的藝術」。但應該注意的是，這樣的見解，是態度上的東西；在藝術作品的批判上，並無何等關係。

爲說明此一事實，試另取一例來看看吧。做學問的人，有各種不同的態度。有許多人是爲了立身處世而學問；另有篤志之士，爲了社會民衆的福利而想利用學術，因而從事學問；還有的人是想由學問以解釋生活上的懷疑，以得到安心立命的所在。並且，也有什麼目的也沒有，純粹因學問的興味，爲學問而學問的人們。

作學問的人的態度，雖有種種不同，然把學術僅視作學術而加以批判時，則僅問其眞理的學術價值，而不關涉到其他的功利價值，實用價值。例如電信、汽船等，其發明的目的，不論其爲了社會福利，或純出於科學的興味，但其發現的價值不變；學術上的批判，不問其利用上的有益無益。

藝術也與此相同，作家在主觀上的態度，對於價值上的批判並無關係。所以諸君只要有志於藝術，則爲了賣文求活也好，爲了肥皂廣告也好，爲了社會風氣或國民福利也好。若只從批判上說，則不關與到這些各個的解說與立場，而只問其表現自身的藝術價值；若站在各個主觀底立場以聽取藝術的批判，將一無所準據。爲什麼？或者會主張宣傳的效果，或者重視商品販賣的效果，或者強調教育上的效果，於是各個價值的批判標準，將紛歧不一。

所以作藝術批判，不問作家的態度如何，而僅從其所表現的作品，問其藝術的純粹價值——作爲藝術的藝術價值——。僅問其在藝術價值上有無魅力。對於所謂教育電影，及預防傳染病的宣傳海報等的批判基準點，也與此相同。在此等場合，假定以其他的理由——如革命，社會意識等——而想提高作品的價值，這是怎樣也不能接受的。

在對「爲生活的藝術」和「爲藝術的藝術」的批判上，也是同樣的。作家自身的態度，不論其以藝術爲安慰的「可悲的玩具」，或者以其爲拼着生命的「莊嚴的事業」，這對於批判一方來說，並無關係；只要其有表現的魅力而給人以感動，那便是好的。因爲藝術的批判，僅應在藝術的本身。換言之，藝術——不論任何態度的藝術——必須從藝術自身的立場，以藝術的目的去加以批判的。

然則以藝術的目的去批判藝術，是含着什麼意義呢？換言之，藝術批判的基準點，究竟放在什麼地方呢？對於這個問題的答案，正如大家所知道的：即是，藝術的價值批判是「美」；只有從這基準點，才可決定作品的評價。在這裏，發然不容許有任何例外。除此以外，無所謂藝術的評價，這是不能加以拒絕的。

然而美的種類，有特色不同的兩個顯著的對照。一個純粹是藝術的純美，另一個是接觸到人性生活感的某一別種的美。「爲藝術的藝術」者所追求的，主要是屬於前者的美。所以他們喜悅純美的明淨智慧，追求周到底描寫與觀照，加以表現藝術底洗鍊，而且什麼地方有種冷然非人性的感覺，追求一種冷靜澄澈的美。另一方的人們，則不喜歡這種非人性底美。他們在藝術中所追求的，是更接觸到人性的情懷，高調宗教感或倫理感，深徹於生活感情的更是「意欲」底，更有溫感的美。

一切所謂「爲生活的藝術」，都是追求屬於後者之美。所以他們從這一點反對藝術至上主義的審美學，主張較爲動態（Dynamic）的藝術論。

「爲藝術的藝術」者所追求的是叡智澄瑩的觀照底純美，正是屬於美術範疇的冷感之美。而「爲生活的藝術」者所追求的，是更燃燒底，富於溫熱感的，屬於音樂範疇之美。然而「爲生活的藝術」，一開始便是站在主觀主義的立場以思考人生，所以他們所求的，不是美術的純美，而在於音樂的陶醉，這可說是預定的，當然的歸結。這一點，對於另一方面，也可以同樣的說。所以，稱爲「爲生活的藝術」，稱爲「爲藝術的藝術」，畢竟是主觀派與客觀派對於美的趣味之不同，從本質看，可知道他們都是藝術主義者的一族。

（三）

由上節所述，我們已經解明了什麼是「爲生活的藝術」，什麼是「爲藝術的藝術」。在藝術上所說的這一對語，由以上所述而完全指出了它的本質。除此之外，決無其他的解釋。然而在日本文壇，很不可思議的，從昔至今，流行着一種可笑的俗解。以下，對於這種愚稚的俗見作簡單的啓蒙。

過去的日本文壇，將「爲生活的藝術」解釋爲「描寫生活的藝術」。因此，有所謂「生活派」的文學，竟僭越地自稱「爲生活的藝術」。若僅僅「描寫生活」而卽可稱爲「爲生活的藝術」，則古今中外，一切文藝作品，將皆屬於「爲生活的藝術」。爲什麼呢？不描寫生活——Human-Life——的藝術，實際上一個也不曾有。或者是描寫思索的生活，或者是描寫求道的，或者以性生活爲對象，或者所寫的是孤獨生活乃至社會生活。

然而，在過去的日本文壇，將「生活」一詞，只作狹義的解釋：主要是指爲衣食的實生活或者是起居茶飯等的日常生活。所以他們的所謂「描寫生活」，是以鹽米奔波，或起居茶飯等的身邊記事爲題材之意，這卽所謂「生活派」的文藝。但是，「爲生活的文藝」，是本質與此不同的文藝。若是這種文藝可稱爲「爲生活」，則此時的「爲」字，是含着什麼意義呢？這是 For 的意味，是向生活，而不是爲了生活的目標。爲什麼呢？飲茶，聊天等的日常生活，或僅爲鹽米奔波的生活，卽是爲了「生的」生活，根本也沒有任何理念，也沒有任何目標。這個「爲」字，可以成爲「利用」「作用」的意味嗎？文藝不是因「描寫生活」而稱爲「爲生活」；是因爲生活有理念，有追求理念的意欲，而始稱爲「爲生活的藝術」。把家常便飯的生活記錄，作沒主觀的平面描寫，這分明不是「爲生活的藝術」。日本文壇常識所說的生活主義的藝術，只是茶餘酒後的小說，與眞正「爲生活的藝術」，是完全站在反對立場的文學。

眞正意味的「爲生活的藝術」，是如前所述，追求主觀的生活理念的文學。例如哥德、芭蕉、托爾斯泰等，是典型底「爲生活的藝術」的藝術家，沉溺於異端快樂主義的王爾德（Wilde 1854—1900），也是這一類的文學者，是「爲生活而藝術的藝術家」，因爲他是詩人底浪漫熱情家，他一生是追尋着夢，追尋着某種異端之美的理想國。但世人每以他爲藝術至上主義者，稱他是「爲藝術而藝術的藝術家」。對於此種謬誤的俗見，應順便在這裏提撕一下。

原來，「爲藝術而藝術」的標語，是由文藝復興時代的人文主義者所提出；這是對於當時基督教教權時代，文藝受宗教或道德的束縛，因而宣佈藝術的自由與獨立的標語。人文主義者所想的是，藝術不是爲了教會，說教，而是爲了藝術的自身，應該作爲「爲藝術而藝術」的去評判。所以在當時所含的意思是，主張正統的藝術批判，並非對於「爲生活而藝術」的另樹一幟。

然而當時的人文主義者，因爲一開始便是基督教的叛徒，所以「爲藝術而藝術」的這句話，自然含有反基督教，反教會主義的異端思想。卽是，當時的人文主義，故意寫冒瀆神聖的思想，追求基督教所厭惡的官能的快樂，讚美被基督教視爲惡魔的肉體；因其反抗一切基督教的道德，所以他們所主張的「爲藝術而藝術」的口號，自然覺得含有異端底惡魔主義或官能底享樂主義。然而藝術自然是意味着美，所以像唯美主義，藝術至上主義這類的詞句，必然與異端底快樂主義，或反基督的惡魔主義連結在一起。今日依然把十九世紀的王爾德或波特萊爾（Baudolaire 1821-67）稱爲唯美主義者，稱爲藝術至上派，說他們是「爲藝術而藝術的藝術家」，這實是文藝復興以來人文主義在文壇上的傳統。

然而不待說，這樣的稱呼，已經不是今日的東西，這和哥德（Gothic）式建築的寺院一樣，同樣是屬於舊式的中世紀的遺風。今日的時代思潮，「美」或「藝術」這種詞句，已經不含有背叛天主教的異端意味；所以若我們文壇上還是以這樣古風的意味來說唯美主義或藝術至上主義，實是很愚笨的事。今日可稱爲唯美主義的藝術，應該是超越人間感，生活感的眞正超人底藝術至上主義——即是，純粹底，徹底的「爲藝術的藝術」——。

第六章　表現與觀照

我們已經把藝術上的兩大範疇，即主觀主義與客觀主義，加以對照。並且以一切顯著不同之點對照了藝術的南極與北極。然而地球的極地，是一個地軸的兩端，較之一般人所想像的實更爲相近。藝術的兩個極地，決非如外表所見那樣的相去很遠；實際，在其共同的本質點，是互相共通的。這種共同點，即是藝術之所以成立，而形成表現之根本的觀照的智慧。

我們已經說過，主觀主義，是情意本位的藝術；客觀主義，是觀照本位的藝術。然而，任何主觀主義的藝術，同樣的，沒有觀照，便不能成立的。爲什麼呢？因爲藝術因表現而始能存在；並且有觀照才能有表現。不管感情的熱度是怎樣高，決不能產生表現。感情不過是藝術的動機——產生藝術的熱情——。要表現的並不是感情，而是把感情照在鏡子上，反映到音樂，文學上的知性的認識上才能辨到。

爲了解此一事實，試先對音樂加以考查吧。音樂是主觀藝術的典型，是純粹感情的表現。然而若沒有優秀智慧的觀照，則最單純的小調也作不出來。何以故？因爲音樂的表現，是通過音的高低強弱的旋律與韻律，照着原有的氣氛以描出心之悲或喜的。音樂家以音描出內心的情緒，也和畫家以色與線描出外界的物象相同，都是對象的觀照。兩者所不同的，僅其對象有內心與外界，時間與空間之別。

抒情詩也與此同樣。詩人若非捕捉住感情的機密，無遺漏的表現其呼吸或律動，則詩如何能給人以感動呢？而「表現」的自身卽是「觀照」。所以若只是感情高揚，缺少觀照感情的智慧，則將成爲未開化的人或野獸的狂號亂叫罷了。蓋詩人與一般人的分別，藝術家與一般人的區別，全在乎此。前者能夠表現，而後者不能表現。

所以只要有表現，有藝術，則必定有客觀的觀照。實際如意大利的美學者克羅齊所說的一樣，無認識（觀照）卽無表現，其表現卽其認識。我們不能寫出我們所不知的事情。而所謂「知」，卽藝術上的所謂「觀照」。所以觀照與表現是同義字；因之，亦卽等於藝術。實際，人的一切生活，都是同樣的思，同樣的惱，同樣的感，同樣的經驗。然而多數人不能將其表現，僅藝術家能夠，這是什麼原因呢？因爲僅有藝術家具有天惠的特殊才能，卽所謂「藝術的天分」的原故。

所以一切的藝術，不問音樂與美術，不問詩與小說，皆由觀照而始能成立。然而被觀照的東西，在其觀照的範圍內，必是客觀的；所以，在語言的純粹意味上的主觀——若可以這樣說的話，是藝術上所不存在的。然則作爲表現的主觀主義與客觀主義，其特色又在那點上有所不同呢？更不能不再作一次考察。

原註：相傳李白斗酒詩百篇。這大概是一面飲酒，一面賦詩，不是在泥醉中作詩吧。酒醉時感情亢進，常深一層的看世界，但實際不能作任何表現。何以故？酒精的痲醉，會遮蔽了觀照的智慧。醉人無藝術。譯者按：李白的清平調，似乎是泥醉中的作品。酒可以使人把生活中許多雜亂的東西忘去，而獨將藏在詩人感情深處的東西，無牽無掛的表露出來，以其平時已經熟練的表現技術加以表現，於是酒確有時可與詩人以助力。不過與詩人以助力的酒，總是微醉以後的酒，或者是醉後乍醒，天地寥廓，卻只剩下洗拭不掉的一副蒼凉情緒的酒。似乎不能籠統的說「醉人無藝術」。

第七章　觀照的主觀與客觀

任何純感情的主觀主義的藝術，但無觀照卽不能有表現，已如前章所述。然則主觀主義與客觀主義，在什麼地方而態度、特色不同呢？具有表現的觀照，這是兩者所一致的。然而自然派等現實主義的文學，常常非難浪漫派爲感傷的，沒有客觀性的。可見兩派在觀照中的態度，其根本確有不同的地方。

是的，這裏有一個很明顯的不同。在主觀主義的藝術，觀照不作爲觀照而獨立，常把觀照與主觀的感情連結起來。換言之，他們不就對象來看對象，而常將對象引入於自己主觀之中，融合於自己氣氛感情之中，例如寫戀愛詩的人，沉溺於戀愛情緒之中，以其高的感激之情來作表現。此時的表現，常是和把感情照映在智慧上的不斷的觀照，同時並行，而常爲自己意識所不自覺。對象不在內心而在外界時，也是一樣。例如西行這樣的詩人，對於自然風物，不是觀照自然的本身，而是高揚主觀的感情，融合自然於感情氣氛之中。

所以他們的認識，不是知的冷徹的認識，而是在感情溫暖的薄靄中，像是罩着溫情而顯得模糊。這是融入於主觀的客觀，不是知性可以分離的。然而現實主義的客觀派，排斥這種感情的態度。他們是就物來看物，以科學的冷靜態度來使觀照明徹。所以排斥主觀，不以感情看物，由冷酷透明的叡智，作眞正客觀的觀照。因此，前者的態度是「爲主觀而觀照」而後者是「爲觀照而觀照」。

然而，眞正「爲觀照而觀照」的藝術，實際是非常之少。文學方面尤其是如此。大抵人在其觀照的背後，另有其主觀以形成其「意味」。詳細的說，是想由如實的描出這種眞實的世界，將作家情感的某種主觀暗示之於讀者。歸結的說，兩者的不同，前者是直接露出主觀，而有所主張；後者則是像繪畫樣的描出，使人看見人生的縮圖，將作者主觀的意味暗示於讀者。卽是，前者的辦法是音樂，而後者的辦法是繪畫。

像這樣的想，則所謂客觀主義的文學，畢竟也是「爲主觀的觀照」，與其他並無分別。許多主觀主義者常常這樣想，那一方面最後的目的旣都是主觀，都以描出主觀爲主，則不採取間接的慢慢的繪畫式的描出，而逕把主觀直接擺出來，露骨的控訴、叫喚、主張，豈不是更爲好些嗎？因此，他們常直揭主義，或作演說，或評論人生觀；還有更進一步像主觀的詩人們，逕行直率吐露自己的眞情，盡情的吶喊。他們實在是脾氣粗暴的急性人。而這種急性的詩人們，常被客觀主義者憐笑。因爲客觀主義者，對描寫人生眞相的本身，卽具備著藝術的特別的興味。恰如一切的科學者，雖以探求眞理爲自己的理念；但實際上，對科學的自身，從事科學的自身，惟有學者的興味。若沒有這種興味，恐怕什麼人也不想當科學家了。同樣的，藝術家們，對於從事藝術自身，對於觀照世相的自身，即有特別的興趣；否則恐怕一開始便都成爲主義者，思想家，而不成爲藝術家了。

這裏即是主觀主義者與客觀主義者的分別。在前者，首要是吐露主觀，盡情傾訴；後者則同時與描寫爲其主眼。因之，後者的良心，在於得到客觀的明澈，使眞實能夠確實；所以他們之排斥主觀主義者的感情的態度，乃出於重視對「眞實」認識的良心。但在前者，則較之眞實而更重視感情，於是要求向主觀作一直線的表現。

這兩者的關係，恰似兩個旅行者。主觀主義者認旅行是爲了急於到達目的地，不是爲了旅行而旅行。他們慌忙的前進，似連四圍的風景人情，都無意觀察。反之，客觀主義者，是對於旅行的本身便有興趣的旅行者。當然，他們也會有一定工作的目的地的。但是能夠到達與不能夠到達，他在主觀上是無所謂的；所以他當前的興趣和工作，是觀察周圍的社會，調查人情風俗和憑眺世態。而且，旅行本身的眞正意義，實在於此。所以後者是「爲旅行而旅行」，是眞正意味的旅行家。而前者則是不認旅行的自身有意義的旅人：人生中慌亂而性急的脚夫。

屬於此一典型的，多半是宗教家、求道者、主義者、哲學家；在藝術家中頗爲少見。因爲藝術家是對藝術的自身——爲藝術而藝術——有直接興趣的種族。小說家、戲劇家，那怕是最主觀的作家，還是觀察人生，描寫風俗，對表現之自身有其興趣（不如此，即不能產生任何小說與戲劇）。所以他們認識的態度，常常純粹是客觀的，從主觀的情意而獨立。眞正由主觀的態度，以感情之眼來看世界的，在一切文學家之中，惟有詩人。詩人才是在語言正當意味中的純粹主觀主義者。

第八章　感情的意味與知性的意味

自然主義的寫實論，是就世界原有之姿，不作絲毫主觀的選擇，用物理鏡頭樣的忠實的加以描寫。當然，他們的藝術論，是對於當時浪漫主義文學——這是以褊狹的道德觀與審美觀作過分的選擇——的一種反動；在此一限度內，固有其啓蒙的意義。但是，這樣的寫實論，除了它的啓蒙意義之外，世上眞正像這樣缺少意念（sense）的思想，恐怕實際上是不會有的。何以故？因爲沒有主觀的選擇，即沒有任何性質的認識。畢竟，認識這種事情，不外乎是對於混沌無秩序的宇宙，隨着主觀的趣味、氣質，一面選擇，一面創造其意味的事情。

所以由人所看的世界，它自己本身就是「作爲意味的存在」。並且，所謂「價值」，是指意味在普遍中的價值而言。一切人類文化的意義，不外乎是在宇宙的意味上，發現眞善美的普遍價值。所以，道德、宗教、學術、藝術——所有人類文化的本質，結局，都是在其普遍的價值上，發現意味的最深的東西，與人生以一種創造。

然則意味最深的東西到底是什麼呢？主觀的想，意味是氣氛、情調。人在酒醉的時候，感到世界的意味特深。在戀愛的時候，覺得世界充滿了色彩和影像，到處都是意味深長。並且燃燒着道德感正義感的時候，在宗教氣氛高漲的時候，人生的一切都是意味無窮，覺得汲也不能汲盡。因此，倒轉去喚起主觀上的這種氣氛的東西，即是傳音波於感情的高空線，以誘導心的電氣的東西，都有作爲意味的認識價值。然而，這些氣氛感情，都是使心境高翔、波湧，使人感到是向某種普遍伸展的東西，即是屬於美學上之所謂「美感」；這和普通私有財產之無價值的感情，即是美學上之所謂「實感」，是兩不相同的。實感，是沒有意味之感，是除了私人以外，再沒有價值的；而美感則是普遍的，響徹於萬人之胸，並且使人感到向表現的強烈衝動。一般說來宗教感，倫理感，及藝術的音樂感的本質，正在這種地方。

原註：「實感」一詞，今日文壇上轉用爲「體驗」或「生活感」的意味。但當初使用它是自然主義，是照美學上的原意來用的。即是，當時所謂「以實感寫」的意味，是用沒有美的陶醉的感情，以散文的現實感來寫的意味。文壇上，此一名詞雖經轉化，但一般社會，依然常常照它的原意使用。

這樣，從一方看，意味的深淺，比例於感情的深淺；越能給情線以振動的東西，越是意味深長的東西。然而，在另一方面，站在客觀的立場看的時候，意味的深淺，也比例於認識的深淺。更深的觸到眞實，觸到事物及現象背後的普遍法則的時候（科學眞理），或觸到在科學眞理之上，與法則以法則的根本原理（哲學眞理）的時候，吾人即稱這爲意味深長。此時的「意味之感」，不消說，是一種合理感，是理性的抽象概念。但是，理性作爲理性自身而直接與以意味之感的，是藝術上直感的理性（觀照的智慧）；其認識越深，直感的意味也覺得越深。而且，此直感的理性，除開它概念性之有無，本質上，與科學上哲學上的認識相同，常常總想把藏在事物與現象背後的某一普遍實在的東西——即自然人生的本有相——在觀照之面，反映出來。

像這樣，「意味的深淺」，一方可用感情測量，一方則由理性測量。然而理性的自身，恐怕不能測量意味吧。意味，是一種「感覺」，是屬於廣義的感情。所以歸結的說，一切都是歸屬於主觀上測量。然而，「感情底意味」與「知性底意味」，在其意味所感的色度，氣氛上，確不相同。例如吾人陶醉於音樂，感到人生的意味很深的時候；和開始學習愛因斯坦的相對性原理，感到世界的新底意味的時候，雖同爲「意味之感」，而其感的色彩則相異，在某些地方有着特別的不同。而就是因這種「意味之感」的解釋不同，遂使柏拉圖和亞里士多德之間分手。

柏拉圖和亞里士多德在哲學上的浪漫主義者和現實主義者的差別，已經在另章說過。但這裏不能不更觸到根本的本質。最緊要之點，是柏拉圖與亞里士多德，在本質上是完全一致的，他們同是形而上學者，同是追求在現象背後的本體。可是，不同之點，在於前者的態度是瞑想底，哲學底；而後者的態度是經驗底，科定底，換言之，前者在時間的「觀念界」中，想直接由瞑想達到實在；而後者則想由空間的「現象界」通過物質的實體去看實在。然而，在究極，兩人所想看的東西是一個，都是形而上學的實在。雖說如此，但他們師弟之間，爲什麼最後終於引起爭論呢？因爲，此一悲劇，是來自弟子不能理解老師的「詩」，而老師則沒有讀弟子的「散文」，這是因於氣質所難避免的運命。

想到柏拉圖時所思維的，首先應了解他是一個詩人。在他，不能思考冷底，結冰底純理底東西。他的理念是詩底，帶着情味深的影像，是神韻縹緲的音樂。反之，亞里士多德，是氣質性的學者，是古代典型底學究。他完全沒有詩底情趣。所以他的哲學的實在，是純理底，智底概念，是冷底，無情味的純學術上的觀念。換言之，亞里士多德的觀念，是純理底意味；而柏拉圖則是宗敎底意味。柏拉圖的理念，是融於感情之中，包着一層富有情趣的輕霞薄靄。因此，以亞里士多德的純理去理解它，乃不可能之事。在那裏，是感情與智慧相融化而無法分離的。

柏拉圖的這種觀念，它本身就是文藝上主觀主義者的觀念，也是觀照的法則。如前章所述，主觀主義者的觀照，常是與感情共同活動，融化於感情之中，不能和主觀分開去思考的，情趣溫暖的東西。反之，寫實主義的客觀主義者們，一面是感覺到智慧的透明，一面是意識到爲觀照而觀照。所以他們要把致使透明的東西模糊，所有主觀底，情感底東西，都加以放逐。他們是想以亞里士多德底，沒主觀的認識，深透到事物的本知。

所以，主觀派與客觀派，結局，是他們觀念着的「眞實」之意味，有了不同。一方是追求宗敎感底，接觸着感情之線的眞實；而另方則在探求純知底，觀照上很明澈的眞實。因此，兩派關於眞實的意見，常在此一點上發生差異。自然派之非難浪漫主義，寫實主義者以空想底文學爲虛僞，畢竟是因爲它站在客觀主義的意味上來了解眞實；這與柏拉圖的不幸弟子亞里斯多德之不能理解其老師，正復相同。若站在柏拉圖的立場看，則不論怎樣觀照徹底的寫實主義的文學，在其眞理的深度上，連帶着感傷情調的一篇戀愛詩也趕不上。所以哲人巴斯噶（B.Pascal 1623-62）說過：「感情知道理性所不知道的眞理」。

原註：巴斯噶的話，許久都被人認爲很神秘。因爲「知」都是屬於知性。感情知道理智不知道的東西，好像盲者之能見物樣的不可思議。然而巴氏此言的意味，不是指的那種無智的感情，指的是與智慧之認識共相融合的感情——卽主觀態度之觀照。

第九章　詩的本質

現在吾人開始解答本書最初標題的題目，詩是什麼。詩是什麼呢？不就形式來說，而就內容來說，所謂詩，到底是什麼呢？吾人對此的解答，好像在前面某章的什麼地方已經暗示過，又好像不曾說出來。總之，這裏，將作一個決定性的解答。

在廣的意味上，對自然或人生，到處所意識到的一種不可思議底所謂「詩」到底是什麼呢？吾人大膽地把它稱為不可思議。何以故？因為此一語言雖常由許多人使用，並到處被人思維，但它沒有一個判然的定義；它的正體在那裏，並不分明；在無從捕捉的薄霧中，它是作為曖昧茫漠底存在。吾人於此應解明其不可思議性以確立詩的本質的定義。

第一應解明的，這種意味的詩，不是指的形式上的詩，而是指的詩的這種文藝所含的本質的，普遍底本體上的精神，即「詩底精神」。這裏，為解決問題，試將一般場合，大家普通所認為的詩底精神來看看。若觀察多數場合中的例證，而看取其一切共同的本質，則吾人將意外底，自然底，可以達到詩的定義。但此時，一方面須對於與詩底精神相反的，即世人所說的「散文底東西」，作對照的同樣的思考。

原註：「詩」的對話，或者不一定是「散文」。因為「散文」是對於「韻文」說的，未必是詩的對語。但是，一般依然是把散文作為詩的對語使用。所以，一般所謂散文（Prosaic）者，乃指不是詩之意。這裏用的 Prosaic，當然是用此種普通解釋的語意。

人們把什麼認為是詩底，把什麼認為是散文的呢？當然，如後所述，此種感覺，乃因人而各異。但為使思考簡明起見，特別對於在一般場合中，拿多數人所一致感覺的例證來看。

並且儘可能的舉多數的例證來看。若先就自然而論，一般人常把青山綠水，風光明媚的風景，而稱之爲詩。或把月光之下，蒼茫的夜色，而稱這是有詩意；或者把輕霞薄霧所籠罩的朦朧景色，而稱之爲詩。並且，把與此相反的，即是平凡而無魅力的景色，照耀於白日之下的街道，或一覽無餘的憑眺，都稱爲不是詩而是散文的。

由同樣的感覺，而人們常稱某一都會爲詩底都會，某一都會爲散文的底都會。例如，一般的定評，皆以奈良或京都爲「詩之都」；以大阪東京爲「散文之都」。或稱意大利的威尼斯爲詩底，而稱曼徹斯特或紐約爲散文底。還有，熱帶無人的非洲內部或原始底南洋塔希提島（T'ahiti）等，只要吾人一經想到，即會感到詩的興奮。而與此相反的，則是吾人到處司空見慣的文明社會。

就人物來說，豐臣秀吉或拿破崙的生涯是詩底，而德川家康則爲散文底。紀文大盡的鉅富是詩底，而許多勤儉成家的人則是散文底。作爲法國革命原動力的盧騷，覺得他是純粹詩底人物；而作爲革命實行家的羅伯斯庇，則覺得他是散文底人物。更就一般來說，數奇而富於變化的人們的生涯是詩底；平淡無奇的人們的生涯是散文底。

更舉其他的例子來看吧，乘飛機以橫斷太平洋，或乘舊日的籃輿而旅行原野，這是詩底；坐普通的火車去作平凡的旅行，則是散文底。戀愛、戰爭、或犧牲底行爲，是詩底；而結婚、家計等單調的日常生活則是散文底。一切，歷史的往古的東西是詩底；而現代的事物則是散文底。並且一般底說，越是神話的東西越是詩底；而越是科學所實證的東西越是散文底。

以上，吾人盡可能的，就許多場合中，一般所認爲那是「詩底東西」與那是「散文底東西」作了相互的對照。但是，如前所述，這種感覺，乃因人而各異；所以甲覺得是詩底，乙未必覺得是詩底。此方的人認爲是詩底東西，另方的人也可能認爲是散文底東西。上面的例，畢竟是假定那是大多數人的一致，僅僅是照着世俗底一般的見解。所以，若以特殊的個人立場看，當然可以有和一般見解不同的看法。以下，我們再看看在特殊場合之下的情形。

在前舉的例子中，一般人以奈良或京都是詩底；以意大利的威尼斯爲「詩之都」。然而住在奈良或京都的人們，果然感覺自己所住的街巷眞是詩的嗎？再舉其他的例來看吧。歐美人常以東洋爲「詩之國」，特別把日本看作是太虛仙境一樣。因爲，在他們看來，日本的神秘前的牌樓、佛寺、和服、藝妓、紙屋，一切都使他們感覺是夢幻底詩。但是，就我們日本人看，像和服、紙屋、木屐這類的東西，更是散文不過了。對我們而論，歐洲的一切，倒很有詩意。意大利威尼斯的藝術家們，宣稱要燒掉平底船（Gondola），破壞水市，建設以汽車與飛機之爆音所充滿的，幾何學底鋼筋水泥的近代都市。蓋在他們看來，宇宙中再沒有像那種做霉臭的古都之無趣味而毫無詩意的東西。

正與這相同，都會人的詩常在田園；而鄉下人所想像的詩則常在都會。前例所說，以非洲內地或熱帶孤島爲富有詩意，是被煩瑣的社會制度所煩惱，因機械煤煙而神經衰弱的一般文明人的主觀。相反的，住于那種未開地的人們，眺望着近代文明的稀奇機械，魔術樣的大都會，或掩映于玻璃宮之窗的不夜城的美觀，覺得這才是無上的詩境。在現代的我們看，坐轎子旅行才有詩意；而昔日的日本人，則覺得這再散文也沒有了。他們倒以坐西洋的火車旅行，有無限的詩意。

因此，站在個人底立場想，各人的思維都是互不相同。所以什麼是詩，什麼是散文，不能下一明白的判定。畢竟是因各人的環境或主觀之不同，而所見的詩之對象亦因之而各異。像這樣，我們對於詩的定義只好絕望了吧。然而，這裏所要認識的對象，不在於什麼東西是詩底；而是要認識關於詩底精神之本體是怎樣的性質。換言之，問題不在于山的景色是詩？海的景色是詩的這類對象之區別，而是在于對這些一般的對象，爲吾人之心之所感，而覺其爲「詩」的本質，是具有怎樣的一種本性呢？

現在，試就一般的場合，而探求其各個的共通的本質點。當然，此時的思索，不是就一切詩的對象看，而僅觀察感物而動人的心意。所以，一開始作爲例題的多數人的普通解釋，及以後所說的在個人特殊場合的各個解釋，在這一點上，則都是相同，都可以無所差別而作一樣的想法。然則，詩的本質是什麼呢？第一，可明白解明的是，凡是在看的人的立場上，覺得是平凡的，見慣的，感到是無聊的，毫無意義而不能使人感到刺激的東西，決不能喚起詩底印象——即是，這些都感覺是散文底——。

大凡感覺爲詩底任何東西，都是某種稀罕的，異常的，在心的平地上呼得起波瀾的東西；在現時環境中所沒有的，即是「現在所無的東西」。所以吾人常憧憬于未知的事物，對于歷史之過去而感到有詩意；對于現時的環境土地，對于非常熟悉的東西，對于歷史之現代，都沒有詩底感覺。這些「現在的東西」，都是現實感的，所以都是散文底。

因此，詩底精神之本質，第一是「向着非所有的憧憬」，是揭出某種主觀上之意欲的追求。其次，應解明的是，凡給人以詩底感動的東西，在本質上，都有「感情的意味」。試以例子來證明此種事實吧。神話較之科學更是詩底；月夜較之白晝更是詩底；奈良較之大阪更是詩底；戀愛之家常生活更是詩底；豐臣秀吉較之德川家康更是詩底；一般人這樣的認定，到底是什麼理由呢？

先把神話與科學來考查看吧。昔人見月而想像裏面住着有嫦娥這樣的美人，想像它是天界之理想國。然而，今日的天文學，說明月是死滅了的世界，不過是暗澹的土塊。科學的知識，使吾人對于月的詩情幻滅了。因爲在科學中，沒有可以喚起自由的空想或聯想，沒有豐富的感情的意味，而只有冷冰冰的知性的意味。一般覺得夜色，或帶霧的風景，比之于白晝的東西，更感覺其有詩意的理由，正與這是相同的。即是，前者有空想與聯想的自由，可以強烈的喚起主觀底感情；而白晝所照出的東西，沒有那種感情的意味。反轉來，是強制人以知底認識，使人要作現實底觀察。奈良與大阪的關係，也和此相同；前者有懷古之幽情，而後者則沒有感情的意味，只是實務底商業都市，一切是屬于知性的計算。

有空想，聯想之自由，可以喚起主觀之夢的一切東西，本質上，都可以認爲是詩底。反轉來看，無空想之自由，不能有夢的感覺的一切東西，本質上便是散文底。所以，形成詩之本質的一切，究其極，好像可以用「夢」一語而將其包括盡淨。然而，吾人之任務，是要把「夢」一語的意味，到底是概念些什麼，加以考查。

「夢「是什麼呢，夢是向「現在所無的東西」的憧憬，是不由理智的因果所規整，向自由世界的一種飛翔。所以夢的世界，不是屬于悟性的先驗範疇，而是屬于與此不同的自由之理法，卽屬于（感情的意味」。詩之本質的精神，是由此感情之意味所傾訴着的，對現在所無的東西的憧憬。所以，至此開始漸漸弄清楚了詩是什麼。詩是什麼呢？所謂詩者，實係由主觀態度所認識的宇宙的一切的存在。若是生活中有理念，而且在感情中看世界，則一切對象都令人有詩的感覺。倒轉來說，觸上這種主觀精神上的一切東西，不論任何東西，它的自體都是詩。

所以「詩」與「主觀」，可以說是言語上的等號（Equal）。一切主觀上的東西是詩，客觀底東西不是詩。然而，這裏我們可以提出一個疑問。何以故？因爲詩的自身，也有主觀主義與客觀主義的對立。詩若是與主觀同義，則無所謂詩中的客觀派。其次，還有許多藝術品，是極客觀底自然主義，但它有使人強烈感覺是詩的魔力。這又是怎樣的一回事呢？這些問題，下面再慢慢的解說清楚。

原註：康德將理性區分爲二部，使因果之理性與自由之理性對立，即所謂「純粹理性」與「實踐理性」。在康德的意味，自由理性僅關於倫理。然而，在其係指「感情之意味」的範圍內，不僅是單純的道德感，尙應當加入藝術上的美底理性。

第十章　人生中的詩的概觀

詩的本質，已如前述，是「主觀底精神」。然則此主觀精神的「詩」，究在人生中的何處呢？這裏所說的人生，是就人類生活在文化中所顯揚的價值而說的。吾人試在此章對道德，藝術，宗教，學術等而概觀詩底精神之所在。

先從道德底精神來看吧。道德精神，無論如何，在本質上是一種詩底精神，是包括在詩的廣義的含意之內。何以故？倫理感的本質，其本身不外是揭示感情之理念（Idea）的主觀精神。特別其中如愛的情緒，是與戀愛相結合而成爲抒情詩的根本，與人道結合而成爲主觀主義文學——例如，浪漫派等——的主要主題。愛以外的其他道德感，也都是扣着人的心弦，使人感到普遍精神的伸展。卽是，一切的倫理感，在本質上都是屬於美感；在其「感情的意味」中，都強調着與詩相同的高翔感或陶醉感。這裏，順便將道德情操中各有特色的兩種不同的德目加以敍述。

道德情操中一般所稱爲「善」的東西，各有其內部的分類。例如，「愛」「正」「義」等，其倫理之內容不同，因而其情操亦隨之各異。其中最純粹屬於感情底，而且係實踐底東西，不待說，是「愛」。愛裏面完全沒有論理，其情操是純潔底感傷，是女性底柔和，是溫情底眼淚。普通所說的「情緒」（Sentimental）的美感，在此種道德情操中是最高調底被表象出來。人道主義，愛他主義，乃至其他的博愛敎等道德，都是根源於情緒。「正」，「義」，則係立足於某種主義信念之上，所以含着相當思想底要素。

因此，一切稱爲主義的東西，都是出發於倫理底正義感。而且此正義感的情操，乃與愛相反，而是男性底，有反撥力的，強調意志，有使人高翔於雲漢之上的感覺。康德說明倫理感的本性，謂在天有光輝的星辰，在地有不易的善意，其語調中正明示此種倫理底情操。它與愛的情緒相併對立而爲道德感之二大德目（此種對立在文藝上是怎樣表現出來，隨後可以了解）。

像這樣，道德情操，其本質是詩的精神，所以一切以倫理感爲基調的文藝，必然底，被攝入於「詩」的觀念之中。然而，具更眞切之詩的，不是道德而是宗教。爲什麼？因爲宗教裏，「感情的意味」更濃，理念之夢更深，有着永遠思慕實在的柏拉圖底哲學。宗教的本質，實際是向某種超現在底東西的憧憬，是向靈魂的理念之傾訴（祈禱）。所以宗教情操之本質，是與詩所有的第一義感之要素符合，表象着藝術的最高精神。實在說，詩與宗教，本質上是相同的東西。其不同之點，一方是表現，屬於藝術的批判；一方是行爲，屬於倫理的批判。

較宗教更爲思辨底，較主觀更爲瞑想底，即是所謂哲學。狹義的哲學，是對於科學的哲學——認識論，形而上學，論理學，倫理學等。然而，此語的廣泛意義，則並非這些特殊底學術，而是就一般有「哲學精神」的一切思想或表現來說的。此種關係，恰似「詩」一語，有的是就詩學之形式來說的，有的是就內容上一般具有詩底精神來說的一樣。廣意味的哲學——即是有哲學精神的東西——，本質上是揭明主觀，想突進到某種實在底東西或普遍原理底東西的思想。例如，盧騷，哥德，尼采，托爾斯泰等這些大的詩學的人生評論，都是屬於此一類的。

然而在哲學一語的更本質底廣泛範圍，是包括一切有理念的主觀，及主觀表現之一切。例如，由此而說「李白的哲學」，「華格納（Charles Wagner）的哲學」，或者批判某一藝術，文學是有哲學或沒有哲學等。這種意味所說的哲學，是就哲學精神中究極的東西而說的，即是，就「主觀性」而說的。所以，說「沒有哲學」，乃是說沒有主觀性所揭示的理念，即是，在其本質上不是詩之意。哥德說「詩人不能沒有哲學」，當然是就這種意味說的。

最後，在與詩底精神最爲遙遠的極地，閃耀着科學的沒主觀的太陽。誰也知道，科學是排斥主觀底精神，抹煞一切「感情的意味」。所以一觸及科學道德，宗教，都無所取，而以知性冷酌之眼去批判。科學一詞似具有將詩從「人生」予以抹殺的惡意任務。然而，這種科學精神，卻是出發於對宇宙不可思議的詩底驚異，及想探求未知的超現在的詩感，這是多麼奇妙的矛盾。蓋科學是詩底精神的最大膽的反語，從它所否定的東西中，反將創造出其他的

「夢」。所以有了科學，便有飛機，有磁力，有收音機，有電信，有不斷的新發明與夢。假使沒有科學，則人生該是如何乾枯而無變化，成爲沒有夢的單調的東西。像這樣的想，也可以逆說着科學才是「詩中之詩」。

一般底觀察，宗教、道德、科學、人生價值的一切東西，其本質皆是詩，皆可認爲是詩底精神之所在。實際，在其本質上的意味，詩是人生的「普偏價值」，一切文明由此出發，以此爲基調的實體。至少，沒有詩底精神的基調，不能感到人的生活的意義。這實是使生活成其爲生活，人成其爲人，使人迴向於眞，善，美之高貴的人性的本源。——詩底精神之本質其實就是人性（humanity）。

然而，我們應注意到語言的使用。若是擴大「詩」的語言，一味茫漠的延伸，使詩的外延達於無限，則詩在此種無內容的空無中，恐將成爲毫無意味，而告消滅。語言，都是一種比較，僅在與其他的關係中才有其意味；所以將詩一語，在正規說法的範圍中，切斷掉與其他的關係。換言之，我們是對於較客觀的東西而提出較主觀的東西，俾限定詩在此一狹窄範圍之中。至少，先應從詩的範圍中逐出科學。其次，則將拒絕某種哲學——笛卡兒，黑格爾——。爲什麼？因爲這些東西，是過於乾燥無味，知性的意味太濃，可以稱爲詩的氣氛太少。

然則，從學術的那一邊可以進入於詩的範圍呢？對於此一限定，以一般共同認定的常識較合適爲準。世間的定評，是稱柏拉圖、布里諾、尼采、叔本華、柏格遜、老子、莊子等爲詩人哲學家。因爲他們的思想是主觀底，不像其他學究，作純理底思辨；其意味是經由有情趣的氣氛說了出來，所以此等思想家，是公認的詩人。詩一語言所能擴大的廣泛範圍，也應在這種思想，學術的邊緣上切斷。若再向前延伸，則將使詩的語言消失於空無的裏面。

這裏，我們可以先描畫出詩的圓周線。接着，再向內去求圓的中心點。什麼地方是詩的中心點呢？不消多考慮，其中心點卽是文壇之所謂「詩」，卽是指吾人之抒情詩敍事詩。所以，以詩這一語言爲中心的去想，則眞正可稱爲詩者，乃吾人所說的詩(抒情詩，敍事詩)，其他一切的文學，思想，僅係類似於詩，不過可以稱爲詩底東西（按「詩底」兩字係形容詞）而已。

第十一章　藝術中的詩的概觀

在藝術以外的東西中，詩底精神之概觀，已經說過。現在特別對於藝術來作一查考。在藝術世界中，什麼地方有「詩底東西」呢？應預先申明一句，此一質問，乃對藝術自身而言，並不涉及其他關係。若是對照着其他的關係來說，則藝術都是屬於本質上的詩。因爲藝術的意義是美，而美的自身，即係「感情的意味」，純粹是屬於主觀上的東西。常常有某種藝術，標榜着「像科學樣的客觀」。但是，此時之所謂「像科學」，只是修辭上的比喩，並不是文學上的正解。任何藝術，決不會像科學樣的沒情味，沒主觀的。

所以對照着科學來說的時候，藝術的自身，可以用「詩」的觀念來稱呼。並且廣義的「詩人」，是指人生中的一切藝術家的。因爲藝術在人生中最是主觀底東西，最是「詩底東西」。然而言語僅在其相對的關係中始有其意義。我們在這裏所要問的，不是藝術對照着其他的關係，而是在藝術自身的各部門中，何處有比較上的詩呢？

試進行考察吧。何處有藝術中的詩呢？最初了解得最清楚的是，詩一語，其本源是實在的文學，即是敍事詩抒情詩等。但除了此種最清楚的解說外，試從其他形式之表現中，來探求詩精神的最高的東西看看。第一應首先想到音樂。音樂，——不論是西洋的或日本的——本質上都是屬於主觀藝術的典型。像音樂這樣強烈訴之於感情的意味，使人感覺其爲詩的表現的，可以說是沒有。在此一意味上說，音樂可以說是詩以上的詩，詩中之詩。

然而人常常指音樂中的某種特殊音樂爲「詩」。例如：人常常稱蕭邦，貝多芬，杜布西

（Debussy）們爲詩人音樂家。但是不以此稱呼海頓（Haydn），巴哈，韓德爾（Hândel）們。這是什麼原因呢？因爲已如前面另章所述，在音樂部門中，也有主觀派與客觀派的對立，而蕭邦等是屬於前者，巴哈等則屬於後者。詩這一語言，常在一切關係之比較中，僅是屬於主觀的東西（參照「音樂與美術」）。

然而，我們在這一章，將特別考察文學中的情形，因爲詩的形式，本來是屬於文學；與小說，劇曲，有密切的關係。可是，文學，詩以外的文學——在何處有詩底表現呢？第一所想到的愛倫坡（Poe）的小說，梅特林克（Maeterlinck）的劇曲。如一般所說，這些都是「散文詩」，是以小說劇曲之形來表現詩精神的最高的東西。我們讀愛倫坡「阿夏館的沒落」，梅特林克的「坦塔紀爾之死」的時候，感到與其說是在讀小說戲曲，無寧說是在讀純粹的詩。至少，此等文學的本質，與詩中的第一義感的精神是相共通的。並且詩之第一義感的精神，是想要接觸到宇宙實在性的形上學之宗敎感——所以宗敎是詩精神之最高部分，——這在前章已經說過。

這種從宗敎觀來的情操，在藝術上普通稱爲「象徵」。關於象徵的其他解釋，後再詳述。總之，愛倫波，梅特林克，由此而被人稱爲象徵派。次於這種象徵派，而強調着詩底精神的文學，如人所周知，是浪漫派，人道派的文學。實際，哥德，雨果（Hugo），大仲馬，托爾斯泰，杜思妥也夫斯基們的小說，使人感到有着詩精神中最熱情的東西。因爲他們的主題，主要係立足於愛情，人道，道德情操之上。如前章所述，一切倫理感的本質，其自身都是詩底精神。所以由倫理觀念——包含戀愛——所寫的東西，必然會刺激情緒，與人以一種抒情詩底陶醉魅惑。一切倫理感的文學，其自身都是詩底。

然而，這裏有排斥此種宗教感，道德感，在一切上，都拒絕「詩」的文學。此即人們所知道的，自然主義的文學。眞的，自然派的文學，是想從藝術中抹煞掉詩，否定一切主觀精神的文學。他們覺得自己是由冷靜的客觀態度，眞正「像科學」樣的觀察，以貫徹純粹的寫實主義（Realism）。「排斥主觀」，這是他們叫得最響的標語。實際，他們以爲藝術是由科學底沒主觀的態度所創作的。並且排斥一切的情緒與感情。尤其是排斥愛，人道等的倫理感。在自然主義的語彙中，以這些東西爲「感情主義」（Sentimentalism），而投以無限的白眼。

這種自然主義的文學論，根本是與詩勢不兩立，正是詩的敵人，詩底精神之虐殺者。但是我們暫時不問文學的主張，而觀察實際的作品看看。因爲藝術常常是作品與主張並不一致；有時且有完全矛盾的情形。自然主義的文學正是如此。例如，我們看看左拉吧，看看莫泊桑吧。看看屠格涅夫吧。他們的作品中，眞正沒有主觀嗎？恰與此相反，豈不是使人感到倫理感，宗教感太強了嗎？他們一切作品，都由熱然的主觀，主張某種正義；對於社會的因襲，咬牙切齒，燃燒着憎惡的強烈感情。

對於這種不可思議底矛盾的自然主義的文學，應稍稍談一談。法國十九世紀所發生的此一文學運動，正是對浪漫派的反動，而代表時代思潮的啟蒙運動。他們壓根兒討厭浪漫派的過度甜美化，及沈溺於愛及人道的倫理主義之中。他們信奉當時的科學思潮與唯物觀，偏於採取懷疑的態度，反對前代浪漫派的樂天觀。而且從這種虛無的人生觀，向一切的道義，風俗挑戰，故意描寫人生的醜惡，強調人性的本能，揭露人性中被隱蔽的東西，散佈着性的實感。

所以自然主義的出發點，一開始便是站在人文主義者的反對的立場；究竟的說，是反道德的道義主義。這裏，讀者試再想想前章前述的吧。在前章，我已說明了倫理情操中的兩個種類。卽是，以「愛」爲動機的道德感，和以「義」爲動機的道德感。前者以女性化的淚爲其特色，而後者則以男性化的反抗爲其特徵。而且兩者是在一條倫理線上相對的。自然主義的倫理感，不待說，是根據於後者。他們的意志，是反對浪漫派的感傷道德，站在懷疑的見地以叫喚另一種的正義感。這不是「沒道德」的態度，而是「反道德」的態度。

這種自然派的文學，不待說，本質上是屬於主觀主義的。它是熱情很高，主張敎條，而充滿詩底精神的文學。他們的作品，根本上與其主張相矛盾。他們自身的文學論，一開始，在認識上便是矛盾的。原來，藝術上的客觀主義，本質上，是觀照本位的文學，所以寫實主義的立場，必然底，應該是「爲藝術而藝術」（參照「爲生活的藝術爲藝術的藝術」）。然而，自然主義，一面主張科學底沒主觀的寫實主義，而另一面又主張「爲生活的藝術」。這種自覺上的矛盾，成爲上述的結果而表現出來的，便是所謂自然派的文學。

要之，自然派的文學，是「否定主觀的主觀主義的文學」；是「相對於道德的倫理主義的文學」，而且是逆說的詩底精神的文學。若是「像科學」這一詞的意味，是指着非人底沒熱情，冷靜無私的沒主觀而言，則自然派文學，恰是與這正相反的東西。他們的文學，無寧是太充滿了人的情慾，過於主觀的「爲生活的藝術」。連他們中間最徹底的藝術至上主義者——因之，也是最徹底的自然主義者——的福樓貝（Fulbert），也常常說「我最憎惡平凡，所以卻描寫平凡」。由此，應可了解自然主義，是如何的係本質上的逆說文學。因此，自然派文學的本體，可一句話說盡，它是被逆說着的詩的文學。

由此看來，不論浪漫派，人道派，自然派，大概的文學都是詩底。實際，沒有詩底精神的文學，事實上是不存在的。我們試舉所知道的知名的文學者來看看吧。高爾基，安德列夫（Andreiev），史特林堡（Strindberg），契訶夫（Tchechov），巴爾札克（Balyac），阿特西巴舍夫（Artsybashev），易卜生，托爾斯泰，羅曼羅蘭，哈蒲特曼（Hauptmann），屠格涅夫，左拉，班生（Bjornson），梅特林克，丹納塞翁（D'Annuyio），雷尼科夫斯基（Nerykhkouskii）等，怎麼樣擺着看，也是相同的；他們中間，發現不出一個人不是詩人底作家。再就文學的流派看，浪漫派，人生派，人道派，自然派，象徵派等全部，本質上不是詩底東西，一個也沒有。標榜客觀主義，主張寫實主義，而實際是主觀底「為生活的藝術」，其不能成為眞正純粹底觀照主義的文學，正如在一切自然派中所看到的一樣。

實際，西洋的文學——至少是西洋文學——顯著底，在本質上都是主觀底，高揚着宗教感倫理感的詩底精神的。我們的困難，到不是在他們之中發現不出是詩底東西，而是很少發現不是詩的東西。因為西洋的文學史，是從古代敍事詩，劇詩開始；小說等的散文學，都是以後自希臘詩的精神發展出來的。「詩」這一觀念，從古代到近代，貫穿西洋的所有文學史；小說，戲曲，論文，都是從詩底精神立腳於此一母源之上。實在，「詩」是西洋文學的基調；沒有詩，也沒有任何散文。

我們已經觀察了藝術中兩種東西，即是音樂與文學。知道兩者都把藝術安放於詩底精神之上，而且都是藝術中的詩底東西。然在藝術中有沒有「不是詩底東西」呢？當然，已如前所述，藝術的本質既是詩，則廣義的說，便沒有不是詩的藝術。但是，從比較的關係說，我們可以想得到會有和詩的主觀精神相對峙的純客觀的藝術。至少，在藝術的範圍中有使自然主義的主張，認眞使其徹底的東西。即是，可能有超越一切人間底溫熱感，以純冷靜的知底態度所客觀化的，眞正徹底的觀照本位的藝術。

我們在某種美術中可以看到此種藝術。如本書以前曾屢加談到的，美術是藝術的北極，是屬於客觀主義的典型。詩與音樂，在這點，是站在與美術對峙的南極。但是，如前章所述（「音樂與美術」）美術自身的部門中，也有主觀派與客觀派的對立。屬於主觀派的——密雷（Millet），德納（Turner），高更（Gauguin），科赫（Kach），蒙卡契（Munkagy），歌磨，廣重等——與其說是畫家，無寧是屬於詩人。所以，在這裏，把他們作爲例外；這裏特別談談美術中的客觀派的純粹美術。

實在，藝術 Art 一語，沒有再像對於美術著想的時候，更爲眞正恰合。尤其是對於建築，雕刻的造形美術來看時，更爲適切恰當。因爲美術的態度，才是徹底的觀照主義，正是「爲藝術的藝術」。它排斥一切的主觀，對於物，是眞正很現實底觀照物的眞相。「像科學」一語，僅在美術家的態度中才能正當底被思維到。詩或小說這等文學，比之於美術，人的臭味過強，是世俗的，過於走向宗敎感倫理感的感傷主義。文學都不是科學底。

所以，在語言的嚴正意味上，眞正可稱爲藝術 Art 的，世間只有美術。此外，不過都是詩 Poem。即是，在表現中，只有二種。即「詩」與美術。一切表現，皆屬於二者中之一。不是詩，便是美術；不是美術，便是詩。並且若是屬於前者即是藝術生活主義（爲生活的藝術）。若是屬於後者，即是藝術至上主義（爲藝術的藝術）。所以作爲藝術記號之「美」一語，也不能給音樂，也不能給詩，只能冠在美術之上。美術才是美術中之美，藝術中的藝術。

第十二章　特殊的日本文學

（一）

在前章，我們概觀了藝術中的詩底精神之所在。並且認識了文學之本質，都是「詩底東西」。但是，當時，吾人特別說明是「西洋的」。爲什麼呢？日本的文學，是特殊的，其性質與西洋完全不同的原故。日本從古到今，像歐洲那樣的文學，幾乎全未成長。第一，文學起源的歷史，就已經不同。西洋的文學史，如前所述，起源於希臘的敍事詩。然而在日本，則遠如古事記等所見，詩與散文相混，而兩者是同時發生的。

所以在西洋，散文都是精神於詩，都是站在詩底精神的母源之上。但在日本，則無此成長上的關係；詩與散文，分別並行；交互之間，並無關涉。所以在近代日本文壇的情況，也是同樣的；詩與散文，如風馬牛之不相及，各走各自的路。恐怕這兩個並行線，走到什麼地方也是並行線，或者永無相交的機會。因爲一直在今日，我們的詩人與小說家之間，還挾帶着怎樣也不能互相理解的某種東西的原故。

日本文學與西洋文學，既使現代仍有多麼不同的特色，這只要從人物的印象來看看西洋的小說家與日本的小說家，便立刻可以淸楚。西洋的文學者，即使於左拉，屠格涅夫，托爾斯泰，史特林堡，儘管是小說家，但就人物來說，都強烈的與人以「詩人」的銘感。然而在日本的小說家中，使人能感覺這種風貌的作家，幾乎很少。日本大批的作家，僅與人以文士Writer 樣的雜駁之感。因爲日本的文物與國風，都與西洋不同，三千年來的與世孤立，完全是獨特發育的國。不過，最近因外國文化之渡來，成爲紊亂的混合線。以下，爲了考察日本的文學，先從日本的國民性說起。

（二）

由「詩」底風貌透視日本人的性格也是有必要的「日本人顯著的特色，是極現實性的國民。當天氣清明，鳥囀澄空之日，再不爲明天的任何事發愁的這種極樂天底現實思想，自古以來，卽一貫於日本人的性格之中。日本的一切文化，自昔卽是以徹底的現實主義爲其特色。例如，從詩來看，這一點也與西洋顯著的不同。西洋的詩，一般是觀念底，瞑想底。但日本的詩，則是極現實底，是關於日常生活的別離或愛慕的。尤其是俳句，更是現實性的詩。幾全以自然風物之描寫及日常茶飯之吟詠爲事。在世界中，像日本俳句這樣現實主義底言情詩，一個也沒有。還有，西洋除了瞑想詩以外的大部分幾乎都是戀愛詩。但日本詩，這一方面的比較少，主要是自然描寫的詩。戀愛的本質雖屬於倫理感；而日本人在氣質上是超道德者，沒有像西洋人那種基督教底強烈之倫理感。」

在詩中的此種情形，相通於其他文化，都是相同。日本人沒有宗教感和倫理感，然而宗教感及倫理感本身就是主觀主義文學的根據，所以自古這類文學及藝術並不發達。日本的藝術，自古以來，僅是貫徹客觀主義的現實主義的東西。例如，在日本，音樂一向不發達。第一，日本人先天底不愛好音樂（日本人的討厭音樂，是世界有名的）。反之，美術則幾乎是世界性的發達。公平的說，日本的美術幾乎是世界無匹的。然而音樂是主觀藝術的代表，美術是客觀藝術的典型。所以再沒有像這樣可以證明日本文化特色的東西、像小說，江戶時代，已經到了現實主義的極致，貫徹了眞的寫實主義。但是，此種現實主義，與西洋文學的現實主義，在本質上，兩者的精神是不同的。

西洋的文明，是藝術、宗教、哲學與科學的文學。然而，在日本，沒有哲學、科學、宗敎，唯獨藝術發達。何以故？因爲哲學與科學，一開始是對宗敎的懷疑，是主觀的詩底精神之逆說，所以（在日本），一方面，沒有可以引起反動的主體；由此而來的懷疑精神也沒有引發起來。應該有這種懷疑的日本人，卻是過於樂天的現實家。所以日本自古便一點也沒有發達過抽象觀念。

缺少這種抽象性的國民，另一方，直感的叡智應該發達，這是當然之事。並且在這一方面，實在創造了驚人的世界性的文化。此卽是像美術這種觀照本位的藝術，今日表現爲世界性底優秀，其原因正在於此。更徹底的東西，則飛躍過現實主義的山頂，遂到達了象徵主義。所象徵的到底是什麼東西呢？這到後面再說。但在世界最早，而且最徹底創造了象徵藝術的，實僅有我日本人（譯者按：此全係吸了一點中國文化餘波的原故）。而且，因爲貫徹於這種象徵主義，所以很不可思議底，日本人從距離詩底精神最遠的北極的現實主義，反轉來逼近到西洋詩所到達的南極。

要之，日本人是僅徹底於客觀性的一方，幾乎完全缺乏主觀性的很希奇的國民（日本人的語言，是日本人缺乏主觀性的最好的證明。例如在我們日常會話中，常常說「贊成」，「要水」。而「我」的這一主格常常省略掉），所以日本所能有的藝術，必是限於客觀主義的藝術；卽是，美術，寫實主義的文學，現實主義的文學。主觀主義的文學，除了抒情詩以外，日本一個也沒有成長。明治以後也是如此；早期所輸入的浪漫主義，僅玩弄作爲少年少女的幼稚底感傷文學，在還沒有生好根之中，已經像浮草樣的枯死了。而且一直到今日，長期間的文壇，實由特殊日本化的自然主義所貫串，深深底生根在地下。以下將略述此種自然主義傳來以後直到今日的綿長歷史。

（三）

十九世紀起於法國的自然主義，到底是怎樣性質的文學，前章已經詳述。一言以蔽之，自然主義，是啓蒙思潮的文學，是充滿了逆說底反語的，一個倒說僻論（Paradox Lcal）

底倫理主義的文學。然而這不僅限於自然主義。原來，西洋人是主觀性極強的國民，與日本人正站在對峙的地位。所以西洋客觀主義的文學，不獨限於自然派，一切都是對主觀的逆說：內有強烈底主張，而表面卻說是客觀的內外矛盾的現實主義，可以說是「排斥主觀的主觀主義」，「詩蘊藏在內面的觀照主義」的文學。

反之，日本人本是沒有主觀性而僅發育著客觀性的人種；所以一切從西洋移植來的文藝思潮，一來到日本，便變成特別的東西。明治的浪漫派是如此，到了自然派文學更甚，幾乎變形爲完全拔去靈魂的一種奇怪而特殊的東西。但當新輸入之初，西洋的牛油臭味尚強，多是原物照樣的直譯。即是，如人所知，初期我國的自然主義，是由獨步，二葉亭，藤村，啄木等所代表，極強調著詩底精神（田山花袋等初期的作品，也是極主觀底，詩底精神很強底）。在日本，發生過眞意味的浪漫主義的，想來，實係這個時候。自然主義初期的文壇，在吾人所知的限度內，是第本最初，而且也是絕後的高揚著主觀的時代（所以當時的詩壇出有像蒲原有明，北原白秋那樣優秀的人物）。但是，在日本，這樣的現象，不過是一時。舶來的自然主義，失掩了新鮮底牛油臭味後，忽然融化於日本傳統風氣之中，完全沒有主觀精神，而成爲純粹底客觀底觀照主義的文學。失掉了此種逆說精神的自然主義，其藝術論所主張的現實主義，換言之想從文學的根本和根拔掉一切的主觀和詩底精神。這樣一來，於是初期的熱情性遂被排斥，連左拉，莫泊桑等開山祖師們，都被斥之為過於感傷的。

這樣的文學立足點，是眞正澈底的客觀主義，而有志於純粹藝術底態度——即為藝術而藝術的態度。並且古來日本文學的立場大多是如此。即是，日本的文學者，沒有像西洋人那樣的人生觀底詩人的熱情，藝術至上主義底「名人意識」較強。在名人意識的這一點上，不獨限於文學，是廣及於所有的藝術而成為日本人可誇耀於世界的長處。在這裏，吾人想說說藝術中必然底兩個人性。

如前章所述，藝術的種目，只有兩個，「詩」與「美術」。所有一切的藝術，從是本質的特色看，畢竟是在此兩個範疇之中，而不能不屬於就中某一範疇。若係主觀的東西（為生活的藝術），即屬於前者；若係客觀的東西（為藝術的藝術），即屬於後者。並且，若是前者的藝術，即不能沒有熱烈主觀的詩底精神；若是後者的藝術，即不能沒有如美術家所有的眞正觀照底藝術良心——即名人意識，這兩個東西，才是藝術中必須的人性。所有的藝術家，不能不—至少—有二者中之一。若是兩方都沒有，則詩，美術，主觀藝術，客觀藝術，在精神上一齋沒有了。

如這裏所說，西洋多數的藝術家，都是保有前者的人性，即是詩底精神，由此而給作品以生命。相反的，日本的藝術家，自古多屬於後者，是藝術至上主義底名人意識，到達了觀照的妙境。吾人在二者之間，不能作價值的批判。因爲那一方都是同樣的偉大。然而，誰也明白的，那一方都沒有的人們，即是沒有作爲藝術家的人性，站在任何批判的立場，除了投以輕蔑之眼以外，是無價值可言的。

然而，日本現在的文學者們，就中之任何一方，都沒有眞正保持著。當然，或多少在某一輕微的程度上，兩方共有一點也未可知。但是，眞正強調人性的，除了極少數人外，實際看不出來。例如，詩人作家僅有島崎藤村，谷崎潤一郎，武者小路篤實，佐藤春夫，室生犀星幾位；而且眞正的藝術至上主義者，只數得出自殺了的芥川龍之介，志賀直哉等。大概的說，現代的文學者，既不是詩人，也不是美術家，都不徹底僅只是雜駁的文士。

比之於這種雜駁的文士，使人感到昔日以名人意識一貫下來的日本藝術家，是如何優秀偉大。「現代日本的墮落，是在於生硬底輸入西洋的主觀底生活主義，而不能本質底加以理解，僅以皮相底概念傍徨無著時。一味抹煞自家藝術的良心，結果，既不成爲西洋風的生活文學，也不成爲日本風的名人藝術，而終於成爲似是而非的曖昧文學。我國現代的文壇，實際正在這樣的蒙昧期。」

所以，從這樣的文壇來說，則詩的常被虐待，可說是當然之事。文壇若是眞的徹底於現實主義，站在強烈底藝術至上主義之上，則至少，日本的詩人，今日也能得到稍好一點的境遇。因爲藝術的南極與北極，正因其係極端的關係，反而可以相通的。——試看芥川龍之介吧，他是文壇上唯一理解詩的人。——自然派以來的我國文壇與文學，因失掉了藝術的人性，於是和詩底精神，便毫無交涉。

第十三章　詩人與藝術家

「詩人是藝術家嗎？」的這一質問，好像「梵啞鈴是樂器嗎？」的質問一樣，聽來實近於胡鬧。但是，此一質問，不論何時，對於我們的詩人實係很認眞的提出來的疑問。爲什麼呢？因爲我們認識有許多實際不是藝術家的本質上底詩人。他們沒有藝術底表現，然而，氣質上並不亞於任何詩人，有著熱情高的理念，不斷憧憬著浪漫的愛，常常高揚著純一的主觀。例如耶穌，穆罕默德樣的宗教家；哥倫布，馬哥波羅樣的旅行家，蘇格拉底，布魯諾(Hiordano Bruno)樣的熱情哲學家；孔子，老子樣的人類思想家；吉田松陰，雲井龍雄樣的志士革命家等。他們實際不是藝術家，或者多少帶一點藝術家的才能亦未可知。但是，寫過一二首呆拙的詩的蘇格拉底，寫了紀錄性底旅行記的馬哥波羅，與有定評的文學者相比時，實不足稱道。若是什麼人問何者是藝術家，當會毫不躊躇底答復爲後者。然而，若是，換一個質問的方式，而問誰是詩人底人物，則恐怕任何人也感到困惑，不經過躊躇便答復不出來。實際，那位浪漫空想底旅行家馬哥波羅和哥倫布，比之於職業的文士，從人物上說，誰能說他不是詩人呢？從著述這點來看，宗教的經典，柏拉圖的哲學，老子的道德經，馬哥波羅的旅行記，比之於寫實主義底美術或小說，實更有詩意，更接近到詩這一語的本質感。

從這樣想，詩與藝術，詩人與藝術家，不必是同物異名的語言；好像在什麼地方，有某種性質不同，精神各別的東西一樣。至少，「詩」的定義，與「藝術」的定義並不相同。若是如此，則宗教的經典，某種哲學書，在純粹的意味上，不能說是藝術品，但比之於眞藝術品的美術或小說之類，卻值得稱爲是「詩底」；這是一種不可思議，而成爲認識上的混亂矛盾。所以詩與藝術確係屬於各別的語言，在嚴格的意味上被區別著。這裏接著而來的問題，即爲何謂是詩人，何謂藝術家的兩個淸楚的質問。先從前一質問來答復吧。

什麼是詩人呢？不待說，詩人是高揚著詩的精神的人物。那末，詩的精神是什麼呢？這在前面已經說過，即是指主觀主義的一切精神。所以詩人的定義，簡言之，是「主觀主義者」。詳言之，所謂詩人者，指的是理想家（Idealist），追求生活的幻想，不斷做著夢的人類夢想家。指的是常常多情善感，熱情激蕩的人類浪漫家。所以，眞的詩人，常常是發見於空想的旅行家、冒險家、宗教家，哲學者們的範疇；在語言的純粹意味，他們才應說是眞正的詩人。並且，作爲藝術家的詩人，在這種本質的氣質上，也常與其他的人類夢想家相一致。試舉例來看吧。大概的詩人，都是一種求道者、旅行家、哲學者；要之，是熱情的人類生活家。

試就世界代表性的詩人來考查此一事實吧。先在日本看，芭蕉，人磨，西行，是如此。他們是人生的求道者；是畢生的浪漫旅行家（日本昔日的詩人，奇怪的，都是旅行家。他們好像要就自然看出心的理念之故鄉一樣）。在外國看，拜倫是殉身於正義的熱血兒，海涅（Heine）是一面歌詠純精神的戀愛，一面是熱心革命的人生戰士。哥德，席勒，是哲學家，甚且是一種宗教家。到了愛爾勒魯，李白，則是典型的純精神的虛無主義者，賭生命於陶醉之刹那，將殉身於所思慕之高翔感，是眞正「詩情中之詩情」的詩人。濟慈（Keats）雪萊（Shelley）馬拉梅（Mallarme）之徒，都是象徵的存在主義者，一種無政府主義的宗教家。此外，蒲特雷（Eaudelaire）是天主教的求道者，同時，又是異端的哲學家；愛爾哈倫，惠特曼（Whitman），是一種社會的志士。並且鬼才詩人蘭波，在文壇上僅有三年左右的時間，寫了少數像樣的詩以後，便和彗星樣的消失了。因爲他想在非洲的沙漠中實踐更是詩的生活。他說：「寫詩這類東西的人，是無聊的人」。「眞的詩人是不寫詩的」。恰似我們的石川啄木，一面自己嘲弄自己是詩人，一面因爲生涯得不到安慰而作詩一樣。

所以「詩人」這句話，其自身不外乎是「生活者」的意味。他們實在所追尋的不是藝術而是生活，是可以充心靈飢渴的理念世界的實現。所有一切的詩人，在他歡樂的酒杯中，或者在他想實現的理想社會之夢中，將賭出他生活的高潮（Climax）而甘心爲它殉死。所以他們的志士，是頹廢者（Decadant），是旅行家，是哲學家。而所謂「人生」者，對詩人來說，什麼也不是，僅是「詩所實現的夢」，對於夢的慕戀而已。所以詩人的眞精神常存於生活而不在於藝術，不在於表現。表現之對於詩人，不過是悲哀的安慰的祈禱。

像這樣想來，詩人的定義，是「生活者」而不是「藝術家」，應可以清楚了。然而，詩人既是表現者，則在另一方面，當然也是藝術家。所以詩人與藝術家，是由圓的外周切線所連結的兩個中心不同的語言。換言之，詩人是作爲表現者而始應屬於藝術家這一範疇的人物。但是，等等看吧！果眞是如此嗎？這一定義沒有錯誤嗎？若眞是如此，則可稱爲純粹的詩人的，不是像李白那樣的藝術家，而是無任何表現的，純眞的主觀生活者，即所謂「不作詩的詩人」。有表現的詩人，一方面，僅因其爲藝術家故而不是純一的詩人。如前章所述，一切的表現都是觀照，無客觀便不能有的。詩既也是表現，則無客觀即無藝術。所以詩人的主觀，不是眞正純一的主觀（感情的本身），而是被觀照所客觀化，被智慧所照射於表現之中的特殊底知底活動。可以說是「被客觀化了的主觀」，「被表現了的主觀」。當然這種東西，不能說是純粹的主觀。純粹的主觀者，不是這種表現者的詩人，而是其他想由行爲創造生活的「不作詩的詩人」。所以，可說爲眞正純粹意味的詩人，不是與藝術家切線的詩人，而是與藝術家之圓完全分離的其他主觀生活者——宗敎家、冒險家、旅行家——的一羣。他們的生活是行爲。並且，行爲之中，無觀照、無表現，所以常常作爲純粹的主觀，能夠一條直線底徹底下去。

但是，我們對於過於抽象，過於論理化的概念，將要敬而遠之。因爲實際上「不作詩的詩人」的這種命題，等於說「沒有脊椎的脊推動物」樣，是奇怪的語言上的欺瞞(Trick)，是屬於事實上所沒有的思辨上的抽象概念。實際，「詩」的一語，僅是對藝術的表現而說的，所以沒有表現的詩，沒有表現的詩人的說法，事實上是無意義的。這種說法，是把詩的本質的精神——詩精神的本身——無限擴大到無形體的世界裏面去了。藝術，是肉體與靈魂，表現與精神的結合。所以我們不能想到無肉體的靈魂，不能思維到無表現的「詩的幽靈」。詩僅因其有表現而後始可說是詩。

所以，詩人這句語，又常常是指「表現者」。單純的「生活者」，決非眞意味的詩人。詩人的正確定義，也不是單純底生活者，也不是單純底藝術家，而指的是把兩方拿到一個中心的某種特別的人。換言之，所謂詩人者，指的是「想要祈訴的主觀者」與「想要表現的客觀者」的相互調和，堅固結合的人格。然而，此種主觀者與客觀者，在許多場合是不必一致的。並且這兩種天性，常是互相排斥，互相矛盾的。何以故？因爲主觀者之自身是感情，是表現爲激烈爆發行爲的，酒神的激情；但是客觀者是智慧，是面對著表現的觀照，是冷靜明澈的日神（Apollon）的理性。酒神與日神，在普通的人格中是不容易並存的。

行爲的詩人與表現的詩人，實從這裏區別。前者，卽是「不作詩的詩人」們，純粹的主觀的，感情的，但沒有觀照的客觀性的智慧。所以他們立刻像酒神的爆發，走向作爲行動的詩。然而藝術家的詩人，其背後經常藏著智慧，是微妙的日神的靜觀者，所以觀念不爆發於行動，而移向表現的認識那一方面去了——人愈無智愈顯得勇敢，有智慧愈膽怯——。並且從此一分歧點，而成爲唐吉訶德（Don Quixote 西班牙小說家塞凡提斯 Miguel de Cuantes Saavedra 所著小說中之主人，成爲誇大妄想之典型）與哈姆雷特（Hamlet 莎士比亞所著小說之人物，成爲冥想憂鬱而無實行力之典型）兩種的典型。不待說，藝術家都是屬於哈姆雷特型的。藝術家誰都保持著由命運所決定，無法成爲唐吉訶德的素質。縱然或者有的多少與之接近，但畢竟不過是日神式底酒神，是哈姆雷特型底唐吉訶德。卽是，由於他的大膽行爲的影子，因而智慧的膽怯蒙住了眼睛。

所以眞的「有天分的詩人」，必係主觀者與客觀者，生活者與藝術者，結合於一個人格之內，以10對10的比例得到平衡的人。若是一方優於他方，則會成爲「不作詩的詩人」，或者反轉來，僅有藝術才能，而缺乏詩的精神，無靈魂的「沒有詩的詩人」。對於這種不幸的例子，吾人實際聞見得很多。供如我們王朝時期的歌人在原業平，是日本無比的熱情底戀愛詩人，而且是憤慨於藤原氏的專横，常抱著最大反感的志士，恰可比擬於德國詩人海涅（Heine）。但是，他的和歌，並不怎麼樣高明，比之於人磨、西行，只能算是二流的；即是，正如一般的定評，意有餘而詞不足，表現的才能，僅能達到主觀的六分。至於他的哥哥行平，儘管更是詩人底熱情家，但作爲詩人來看，幾乎是無能的，僅有點末流的才能。並且與他們相反的，有表現才能，但缺少詩底靈魂的詩人，則例不勝舉，在我們周圍隨處可以發見。

所以可具備詩人資格的方程式是：

主觀者（生活者）＋客觀者（藝術家）＝詩人

而且主觀與客觀的數值，應盡可能的是同等。古來一切偉大的詩人，在此調和上是完全，並多量保有二者的數值（其數值愈大，二者相加算之和亦愈大）。例如，芭蕉（原註），哥德、尼采、李太白，都是如此。他們一面是熱烈的生活者，一貫的追逐人生之夢的詩人；另一面，又常常是純粹的藝術家，苦心於表現，徹底於觀照的眞正的藥術家。假使他們不是如此，恐怕不能由他們留下那樣有價值的作品。要之，所謂詩人者，是生活者與藝術家的混血兒，而且多量的含融著兩者之血的矛盾中的美麗調和。

原註：芭蕉是10的生活者與10的藝術家的完全的調和。然而他的亞流者們，只看到他藝術至上主義的一面，僅僅學他這一點，所以使芭蕉俳句墮落爲後世那樣的惡流。

第十四章　詩與小說

在吾人稱爲文學之中，有詩，評論（原註），隨筆，論文，戲曲，小說等種類。然而，在這些中，代表文學兩極的形式的是詩與小說，其他不過是在二者之中間的東西。實際，詩與小說，是很明白底，對照著文學中之南極與北極，即是，對照著主觀主義與客觀主義的兩極。吾人特對此點加以敍述。

如前章（藝術中詩的概念）所述，大概的小說，本質上，它的情操都是主觀底詩底精神。所以，在此限度內看，則小說也與詩相同，不能不說是廣義底主觀底藝術。然而，此時的主觀性，是在創造背後的態度，而不是面對事實的觀照的態度；作爲觀照的態度，幾乎在小說所約束的形態內，一切作品，都是客觀底。實際小說之所以爲小說，可說是存於此觀照中的客觀性（若小說不是客觀的，那便成爲詩——散文詩）。

詩與小說，在這一點上，實有判然的區別。詩在本質上是主觀的文學，這不僅在態度之上，其觀照的自身卽是主觀底。卽是，在詩，對象不是作爲對象去觀察，而是由主觀的氣氛，情緒，作爲感情，去加以眺望。相反的，在小說，則對象與主觀分離，以純知底眼去加以觀察。所以，卽使同樣是以戀愛爲題材，在詩，則由感情與以歌詠；而在小說，則作爲事件或心理的經過，由外部的觀察加以描寫。因此，從這點看，詩可說是「感情的東西」，小說可認爲是「知底東西」。

但是，從此一關係看，若以爲小說家比之於詩人更是知底人物，則實是可驚可笑的謬誤。假定就智慧的優劣說，則詩人是優於小說家，而不會劣於小說家。何以故？如前章所述（觀照的主觀與客觀），在認識上客觀與主觀的不同，不過是智慧在感情中結合，及智慧從感情中獨立的不同；其知性活動的實質，並無所變。僅因樣式之不同，於是詩是由感情所歌詠，小說是由客觀所描寫。而且，此一樣式上的不同，是決定區別詩人與小說家的根本態度。

詩人因爲常常是主觀底眺望世界，認識與感情結合，所以不能像小說家樣，現實底觀照眞正客觀的存在。反之，小說家則對任何東西也是客觀底，從外部作知底觀察。因此，小說家不能進入到詩人所住的「作爲心情（Heart）之意味」的世界。所以，結果詩人不能創作眞的小說，小說家不能作眞的詩。小說家作的詩，大概徹底是觀照的，儘管辭句凝鍊，意思周到，但在某種根本的地方，沒有詩的生命底要素，使人感到有「無音的鈞鐘「之感。因爲他們不是用「心情」作詩，而是用知底「頭腦」作詩的原故。相反的，詩人寫的小說，因爲它的觀照爲主觀之靄所蒙住，總是覺得不很夠勁，缺乏眞正小說底現實感。

這樣想來，詩人與小說家的一致點，僅是在人生觀中本質的「詩」；在作爲藝術家的態度上，其素質是全然不同的。小說的立場，是要現實底看人生的眞實，所以至少在觀點上，不能不排斥主觀的情感（Sentiment）。在這一點上，自然主義，敎示了小說之所以爲小說的典型的規範。爲使小說成其爲小說，在觀照的形式上，與詩距離愈遠愈好。是小說，而又是詩的東西，不過是一種「沒有氣力的文學」。然而，在精神上看，眞的小說，不可沒有詩底精神所高揚的東西。究竟的說，好像科學是在人生中的詩的逆說樣，小說是在文學中的詩的逆說。這種自然主義的主張，其所以說小說「像科學」，並且向一切詩底東西挑戰，其原因在此。實際，自然主義的文學論，是由逆說所說的小說之道的極致。

在前面其它的一章裏，吾人把表現中的主觀主義與客觀主義，譬喻爲兩個旅行家的態度。即是，前者是「爲目的之旅行家」，後者是「爲旅行的旅行家」。現在，詩與小說的觀照底態度，和此一比喻很相適合。詩應該是祈訴着主觀上的情欲或生活感，向目的作一直線底表現。然而小說與此不同，它是對於觀察人類生活中的社會相感到興味。對於小說家來說，主觀的人生觀或理念，不成爲表現的直接目的。表現的直接目的，乃存於觀照社會的實情，通人情，知風俗，旅行所到，皆有眞切之觀察。所以小說是人生中的一種「學習」，且是眞正的「工作」。

詩在這一點的態度上，與小說大不相同。詩人是「爲目的之旅行家」；對於旅行之自身，藝術之自身，並無興味。他們僅常揭示主觀，訴說自我（ego）。所以作詩都是一種「祈禱」，「詠嘆」。詩人不要像小說家那樣，觀察人類生活之實情，研究社會之風俗。即是，詩人沒有眞的藝術底學習與工作。藝術之對於詩人是「祈禱」；既不是什麼「工作」，也不是什麼「學習」。詩人是眞正的「爲生活的藝術家」。而小說家則是把藝術當作畢生事業之眞正「爲藝術的藝術家」。

像這樣，詩的目的，是訴「生活之情欲」而不描寫「生活之事實」，所以詩幾乎完全沒有所謂「生活描寫」的這種東西。詩的內容，常是主觀的呼喚，祈禱；並且是純一的感情

——氣氛，情調，情欲（Passion）。在詩，任何思想，觀念，都用這種感情表達出來。並且，愈是更純粹的詩，其觀念愈是融合於氣氛，情調之中。所以詩沒有像小說所描寫樣的生活描寫，沒有生活事實的報告。這裏，若是把藝術上的「生活」一語，使用作「生活描寫」的意味，而且將「爲生活的藝術」解釋爲「描寫生活事實的藝術」，則詩倒無所謂「生活」反之，小說倒成爲「爲生活的藝術」。但是，這種思想的胡鬧，有如小孩般的無常識，已如前述。詩不屬於日本文壇之所謂「生活派的文學」（參照「爲生活的藝術，爲藝術的藝術」）。

像這樣，詩有祈禱而無生活描寫；小說有生活描寫而無祈禱。從這種關係看，詩的世界，是屬於「觀念界」，「空想界」；小說的世界，是屬於「現象界」，「經驗界」。前者是柏拉圖的世界，而後者是亞里士多德的世界。也可說前者之態度是哲學底，後者之態度是科學底。所以小說的表現，常是科學底，分析底，對於部分的細節也詳細描寫出來。然而，詩的表現是哲學底，綜合底，直感到全體的意味。並且，從這種特色說，詩的表現，必然會走進到象徵。象徵的說明留在後面。

最後應該提到的是，一般人以爲詩是貴族底，小說是大衆底，這種見解。此一普遍底見解，當然有其相當的眞理。因爲詩不像小說那樣，有多數的公衆讀者；至少，在此種意味上，詩比之於小說是超俗底。但是所謂「貴族底」，「大衆底」，我們先應常識底知道在這種地方到底含的什麼意味。舉例看是吧，在蘇格拉底與柏拉圖的比較中，大家說前者是平民底，後者是貴族底。因爲蘇格拉底站在街頭和誰也可以談話，至少，他不是個裝腔作勢的人。而柏拉圖則是深居於學園之中，以典雅持身的人物。

在這裏，此種定評是適當的。但若在作爲哲學家的態度說，則蘇格拉底決非大衆底，倒比柏拉圖更是貴族底。實在，此一有風義的哲學者，憎惡一切俗衆底愚劣的東西，憎惡俗衆底先入之見，由此而在獄內被毒死。所以，在此一態度上說，他與柏拉圖都是貴族底（超俗衆底）人物。並且，若是這種意味，則此處所稱爲「貴族底」的語言，正是耶穌，佛陀，托爾斯泰，乃至一切的志士與生活者所共通的，而成爲其人格本質的特色。不僅如此，藝術本身的目的，本來便是貴族底。因爲藝術不是獻媚於俗衆，而是啓蒙俗衆，指導俗衆的。

所以在詩與小說的比較上，以小說爲俗衆，恰如在柏拉圖與蘇格拉底的比較上，僅注意到後者，是更樂易可親的這種表面上之氣質或趣味性；至於藝術上的本質，則應係別一問題。從本質上說，小詩也和詩一樣，有超俗底貴族性，並且也非如此不可。實際，詩人與小說家的分別，不關係於此點之高貴性，僅在於風格，趣味上的人物底不同。即是，小說家的趣味，大概是世俗底，風俗是通俗底。所以他們傾耳於男女之私情，樂聞市井之閒話，混入於社交或家庭之中，作新聞記者的觀察。他們的小說題材，都從這種地方出來的。

反之，詩人因爲大概都沒有此種世俗的趣味，要寫小說也沒有題材，便走進更超俗底詩的這一方面去。在此一限度內，小說確是俗衆底。然而，在作爲藝術的本質，則未必是俗衆主義的東西。吾人不能認爲托爾斯泰的小說較之哥德的詩爲更非貴族底。不論是小說家，不論是詩人，藝術家在本質上不是俗物。並且這裏的所謂「俗物」，是指的缺乏關係於全般價値意識之人性（Humanity）的人物。故芭蕉說：「要高而歸於俗」，大概就是小說家的金科玉律吧。

然而詩在別的意味，還是有着小說所沒有的特殊底藝術底超俗性。因此，詩不能像小詩樣的普遍，沒有公衆的廣大讀者。在這一點上，詩或者是像一般人所說的，是貴族底東西。然而，詩的本質底精神，不可思議底，卻是站在與民衆相通的完全同一的線上。下面就來說明這種「詩與民衆」的關係。

原註：哥德說「詩人不可沒有哲學。但是，在詩，是應該隱藏着的」。若將此語轉用，則小說可以這樣的說「小說家不可以沒有詩。但是，在小說，是應該隱藏着的」。

第十五章　詩與民衆

詩這種文學，本不是公衆的文學。在日本也好，在西洋也好，詩的讀者是有限的，不像小說有多方面的讀者。從這點說，詩到底非小說可比，沒有大衆底通俗性。因爲詩是站在文學山頂的東西；僅僅在精神最辛辣緊張的空氣中，始能作心臟之呼吸的藝術。在詩，則一切精神上渙散的東西，嚕裏嚕索的東西，皆在擯斥之列。然而，在公衆這一方面，沒有這些東西卻不能了解。

所以從公衆的眼來看，詩是站在山頂的哲學家，覺得是不容易親近的很辛辣的東西。然而，這一位大人先生，卻不是與民衆絕緣，是屬於與他們氣質相同的人種的同一類。而且，此一位大人先生，愈輕蔑民衆，則愈可了解它的眞誠的本性，是公衆的黨徒。何以故？因爲在此種場合，雙方反對衝突的東西，是在同一線上相對的原故。並且，兩者立腳的同一線，其自身正是詩底精神的本質。

民衆在任何場合，都是詩底精神的所有者。從此一意味說，世上像民衆那樣眞正愛詩的可說沒有。但是他們是敎養不夠的孩子，不能理解眞正高貴的、美麗的、像樣的東西。他們永遠是充滿稚氣的孩子，所以他們只能喜歡詩精神中的最低級的東西，最愚劣的東西。然而，在任何場合，民衆喜歡的，總是詩的精神。詩的精神以外的什麼藝術，他們都不想要求。民衆所要求的只是詩底本身而已！

所以，民衆所讀的文學，常常必定是有詩底精神的文學。例如，戀愛、人道、冒險、怪異等本質上是倫理感或宗敎感的，抒情詩底，或敍事詩底浪漫主義的文學。試想想今日世界上被人讀得最多的文學，是誰人的作品吧。作爲藝術的高級作品，常常是雨果，托爾斯泰。特別是「悲慘世界」(Les mise'rables)和「復活」，或是大仲馬和巴爾札克。到處由人民所讀的東西，是強調倫理感宗敎感的文學；是與人以抒情詩或敍事詩的陶醉感的浪漫主義傾向的文學。民衆不要客觀的藝術。他們常常須要的是熱情的主觀主義的文學，有詩的精神的文學。

所謂「大衆藝術」的東西，由此而得到民衆的喝采。不僅是文學，在演藝、電影，在各種世界中，吾人都可發現這種藝術。這是一種使民衆快樂娛樂的藝術。但是，就他們的目的說，到底是做什麼呢？無非是以一切最高的手段，去激起民衆的倫理感。失戀、流血、義士被殺、善人被迫害。若不是這樣，即由一切浪漫的冒險，與怪異，以激發宗敎感的情操。然而，儘管這種感激底強調，但一切都盡量使其無內容，盡量使其愚劣胡鬧，做好充分的準備，以訴之於民衆淺薄的理解力。

我們誰也輕視這種藝術。但民衆卻最喜歡這些。何以故？民衆永遠是充滿稚氣的孩子，不能理解眞正高貴、美麗的東西。然而，他們是如飢渴樣的追求詩。只要那裏具備有詩——詩底感激——就是好了。他們好像餓着肚子的孩子。什麼都好，只要是詩便想吃。然而，不幸的是，他們的味覺低劣，而胃口則由壞點心所傷害了。民衆是最純良而又是可憐的孩子。

所以，吾人對於民衆，同時不能不矛盾的有兩種不同感情——愛與輕蔑——。他們有「好的素質」，而養育於「壞的環境」。從另一方面看，像他們這樣愛詩，尊敬詩的可說是沒有的；但從另一方面觀察，像他們這樣冒瀆詩，不理解詩的也可說是沒有。所以正義是在於教他們以價值，教他們以更高內容的眞正藝術底詩。我們的教育，不是要抹煞民衆的唯情主義，而是要使其發揚，導向更高的山頂。

所以，在這一點的結論，吾人完全與羅曼羅蘭相一致。羅曼羅蘭認爲藝術的健全發育，僅僅由民衆，由民衆底精神，才能建設起來。此一思想，是正確，含有眞理的偉大的東西。對於日本的國情是特別的適切。何以故？現時在日本眞正有詩的精神的，只有民衆。不管它如何的幼稚與俗氣，但民衆常常是健全的，理解藝術正當的途徑。他們由指導而可以變好的。然而，日本的文學家們，素質中，什麼也沒有，不僅沒有詩，連藝術的良心也沒有。而且日本的文壇與思潮界，正由這種胡鬧所支配着。很難得救喲！吾人寧捨棄他們而走向民衆的羣裏去。僅僅民衆，才能創造新的日本文學與文明。

這樣的結論，吾人又成爲一個民衆主義者了。但不要誤解，著者不是諂媚民衆的民衆主義者，而是罵倒他們的民衆主義者。因爲民衆是會由嬌慣而更墮落，由鞭策而得向上的。吾人希望於今日之社會者，不是與民衆站在一起而作演說的人；勿寧是須要有一面對抗他們，站在與他們相反的一邊；但在根本的立足點上，卻是與民衆站在同一詩底的精神線上，有一種毅然風骨的人。

形式論

第一章 韻文與散文

所謂詩，已如本書開頭時所述，是詩底精神採取詩的表現的東西。詩底精神屬於內容，詩的表現屬於形式。詩底精神是什麼，上面已經詳說。以下，吾人主要考查詩的表現形式。

然而，藝術中的內容與形式，好像一張木板的表與裏，人物與映像，實體與投影一樣的，翻轉這一面，那一面便出來了；這一面有變動，那一面也會變動；彼此是形成在相互不離的關係；所以，已經學過詩的內容的學者，由內容所映像出的詩的形式大體是怎樣，在說明以前，大約可以推察得出來。但是，還得繼續加以說明。

首先應該說明的是，言語都是關係，僅在比較中始有其實在的意義。所以，在絕對意味上可以分別出詩與非詩的關係，事實上決不存在。僅僅作爲抽象的概念，吾人始能想到這種東西。這裏，廣泛的就事實來看，則文藝在大體上都可稱爲廣義的詩。因爲如前所述，本質上沒有詩的精神的文學，事實上幾乎不能存在；並且既有其內容，則應當具備其映像的形式——詩之表現的本身——。然而，吾人僅在比較的關係中使用語言。以下，所說的「詩」，指的是較之其他非詩的表現而比較純粹的東西。

那麼，詩應當有的實在的形式究是怎樣？換言之，爲使詩眞成其爲詩，應當有怎樣的言語表現呢？不待說，詩的形式，不能不是詩底精神的投影。然而，所謂詩底精神，是指其自身主觀底精神而言，所以在與其他文學比較上，凡由主觀性最純而最被強調的東西所投影的，其自身大約必會採取「詩的形式」。然而吾人不可不由更具體的思考以作形式的說明。

第一，我們都明白，詩是文學，是言語的文字底表現。所以像音樂或舞蹈，其精神不論怎樣是詩底；但它不是屬於「詩」的語言。在語言正當意味裏的詩，常指的是作爲文學的詩。其他，不過是「詩底東西」而已。所以考慮到詩的問題時，必然從言語的表現上去着想。這裏，言語有兩個思想的表達底要素。一個是辨功用，說事實，使人知道事情之意味的要素——。即是語義——或語意——這是語言的實體底要素。但是，語言還有其他的要素。此即是給談話時以機勢，而與思想以勇氣，情調的東西，即所謂語韻語調。此兩要素中，前者是說明言語的「知底意味」，後者是說明「情的意義」。但是後者的本身不能獨立，僅在與前者之意味相連結時而始能存在；可是，詩本來是情的主觀藝術，所以這一點被視爲特別重要，被作爲表現所必須的條件。

這裏還要重複說一次，主觀藝術的典型是音樂，客觀藝術的代表是美術。所以詩常像音樂樣的歌詠，小說常像繪畫樣的描寫。並且，不論東西古今，詩之所以以音樂爲規範，以音律爲形式者，原因正在於此。此卽「韻文」「散文」的差別；詩之所以異於其他文學，被認爲在於其韻文的形式。然而，本來的意味，詩所學於音樂者，在其精神而不在其形式。換言之，詩雖然要音樂樣的歌，要有音樂樣的魅力，但不必完全襲用音樂所具備的樂典之法則。因爲詩是文學，是用語言表現，所以它自然有不同於音樂的獨自的東西，應該另有其特色。

然而，稱爲韻文的東西，是把音樂樂典中，節拍的形式，直譯爲語言，是極定規底形式主義的東西。所以僅以此種形式底韻律之有無，作爲詩與非詩的判然區別，吾人不能贊成。當然，這種思想，與詩的形式相關聯，是長久以來的一般傳統思想。然而傳統的思想，不一定是眞理。何況在今日稱爲自由詩的無韻詩，一般都承認其爲詩，所以吾人最客氣的意見，也能斷言韻律不是詩的絕對條件。

然而，如開始時所說，詩本來是感情的文學；所以，若是沒有作爲語言精華（spririt）的音律，當然不能有眞正的表現。並且，既是有音律，自然不能不與音樂的法則有某種默契上的一致。詳細的說，不是符合樂典形式，而是和在樂典背後的音樂的根本原理——在音的關係中的美之根本法則——應該有某一本質的（原註一）大體的一致。因爲言語的語調語韻，在其作爲「音」的範圍內，必然是屬於音樂的本質底原理。在這裏，不可把「韻文」這一語言，解釋爲形式定規的狹窄底意義。大體上若適於根本音樂原理的——因之悅耳的美音——一種有節奏的文章，卽可稱之爲韻文，則一切的詩才可說皆是韻文，而且也不能不是韻文。

然而，這樣一來，問題還是困難紛亂。何以故？此種意味的韻文，卻不僅是詩，散文也可同樣的說得上。文學都是語言的「聯綴」；而且有所聯綴，便必然有文章的調子，節奏，抑揚（accent），機勢。而且在這一點上，小說，論文，都是相同的；任何文學，不能完全沒有言語的音調，也不可能有完全忽視音調的文章。並且這些散文的音律，雖是沒有一定的節拍形式，然而，在根本卻適於音樂原理——不如此，便不會好聽——的眞正自由律的形式。

所以，把「韻文」這一語言，如用前面所說廣義的意味，作粗雜底漠然底解釋，則一切散文，皆包括於此概念之中，而語言完全成爲打胡說。今日詩壇的認識不足，實在是對於「韻文」「散文」這一語言，大家缺乏一種定義。這裏，希望大家拋棄個人底觀念，先在常識上，不可不知道辭書的正解。辭書所正解的韻文是：有一定的規則嚴正的節拍，押著法則化了的押韻或韻腳，由對比調整音節（Syllable）語數的特殊底定形律的文章。並且，沒有這種定形律的以自由音律所寫的東西，即是所謂「散文」。

所以，稱爲自由詩的詩，照辭書的解釋，一開始便是屬於散文。至少，是不屬於辭書正確意味上的韻文。然而，自由詩在某一本質之點上，覺得與普通的散文不同。這裏，自由詩的解說，常被稱爲「無韻的韻文」，「無韻（原註二、三）律的韻律」。但是，自由詩的解說，不能不作這種言語上的曲辯，有如白馬非馬那樣的強辭奪理，則可以想到根本上是有點免強存在。這樣與其說是「無韻的韻文」，不如乾脆說自由詩是散文——特殊的詩底散文——還好些。

然而大家害怕這一斷定。怕這樣的斷定，自由詩便致命底被抹煞掉了一樣。何以如此？因爲說自由詩是散文，便覺得等於斷定了自由詩係屬於「非詩底」。換言之，「散文」這一觀念，是常與「非詩」的這一觀念相連結。這裏爲了使自由詩成其爲詩，不能不極勉強的把它安置在韻文的中間去。

諸位把頭腦放清晰一點吧。這種混亂之所以發生，其謬誤乃在於一開始便想以「韻文」這種形式主義的規定來下詩的定義。如前所說，詩是必須韻律的。但是詩的表現，不一定要像韻文那種意味的，古典底，定規底格律。詩與其它文學在形式上的分別，不是這種定形韻律之有無，而在於其他更根本的地方。

詩與其他文學根本不同點是什麼？不待說，是在於以「音律爲本位的表現」。一切的詩，雖然不必是被規約的形式韵文；但是一切的詩——不論是自由詩或定律詩——，在本質上都重視音律，以此爲表現的生命。然而其他的小說等文學，在這一點上與詩不同。當然，如前所述，其他文學也有音律，也有作爲自由律的調子；但這不是他們表現的主要點，僅被作單純底屬性處理。詩以外的文學，小說，感想，論文等，都是「以描寫——或者是說明記述——爲本位的表現」。

詩與其他文學在表現上顯著的特色，實際，存於此一事實。所以若是廣義底解釋「韵文」，而以詩之特色爲「音律本位之文」，始可將自由詩，定律詩包括於此一語言之中；更不須要像「無韵之韵」這樣紛亂的謎語，來作自由詩的曲辯。對於此一本質上的韵文的定義，散文的定義乃是「非音律本位之文」；所以，若是在這種意味的語言中，則自由詩決非屬於散文。

要之，問題乃關係於對所謂「韵文」「散文」的解釋之如何？若將此等語言照文字的正解，按照辭書底形式觀，則將形成「定律詩」與「自由詩」之對立；詩既是韵文，自由詩便不能加入到詩中間去。然而，在今日，一般人都承認自由詩（以前是很不承認的，自由詩之得到承認，是經過了長期的論戰）。因此作爲今日的立場，應當廢棄辭書底釋義，而以韻文爲「音律本位之文」，以散文爲「非音律本位之文」；不由定規底形式觀來下詩的定義，而從本質上來下詩的定義。

原註一：所謂「大體的法則」，不是10中之8是正則，10中之2是變則的這種數量上的計算。此時之所謂「大體」，是指法則背後之大原理。卽是，自由詩之原理，是存於「無法則的法則」，所以與普通意味的律格底形式，全然性質不同，不能以此律之。再看註二之註解吧。

原註二：「無詩律的詩律」這類的語言，賓辭否定主辭，是暗示着其他新底定義。例如在「無道德的道德」這種場合，賓辭的道德，是意味著與過去所謂道德完全不同的其他新底道德。而且由新道德A否定舊道德A，所以「A是非A」這樣矛盾的命題於以成立。說「無韻律的韻律」的時候，也是如此；賓辭意味着的韻律，與過去言語所意味着的韻律，韻文，完全是不同的東西。

原註三：韻律這一語言，是意味著以一定的規則在正常反復著的時間上的進行。例如時鐘的擺動，心臟的鼓動，海洋之波浪等，本來是指規則嚴正的東西。所以自由詩之無韻律，從一開始便是很淸楚的。並且自由詩是反對此種形式主義，主張破壞韻律的。此種形式主義與自由主義的主張，後面試作公平之批判。

第二章　詩與非詩的識域

如前章所述，詩是音律本位的文學；是將自由詩，定律詩都能包括在一起的這種意味的韻文——作爲本質觀的韻文——。然而，若是如此，則這裏又發生新的疑問。若詩之特色僅在這一點，則只要是以音律爲本位，有節奏可以歌詠的一切東西，在文學的範圍內，必然底，不能不說是詩；但是世間並非如此。例如蘇格拉底在獄中寫的伊索寓言的韻文譯品，亞里士多德寫的韻文的論理學，形式上確實是音律本位，是不折不扣的韻文；可是我們稱之爲詩則總覺得有點躊躇。還有，如鐵路歌，爲便於背誦史地之韻語，及教人道德與處世之教訓的和歌等類，同樣底，僅在形式上是韻文，而實質上不好稱之爲詩。這些文學，覺得只是屬於「借用詩的形式」的別一種的東西。

因此，詩的形式，非從外部所能借用，而係由內部之必然所產生者。卽是說：應是詩之內容取詩之形式者。那麼，「詩底內容是什麼」？什麼是詩底，什麼不是詩底呢？在答覆此問題之前，吾人對於世俗之誤見，不能不加以反駁。因爲世俗常常以詩人爲風花雪月之徒，視之爲一種風流雅士。實在，我們詩人所難堪的是，今日的文壇或雜誌社，完全不知道詩是什麼；他們所屬望的，乃在自然風物之吟詠，當四季變換時，寫出美底隨筆這一類的東西。而且我們從前的詩人，喜愛這種風流閑雅的趣味，常以吟詠自然爲事。可是，在今日時代中的我們，爲什麼有重複這種事情的義務呢？世間要等到多久之後，才可以從過於是「日本人底」，過於是俳諧底「詩人」的觀念中，給我們以解放呢？

「詩底東西」是什麼？這在以前已經說過。即是，什麼是詩底呢？完全是由個人的趣味來決定。昔時日本詩人，對季節之變換，或自然之風物，感覺其爲詩底。但是，今日的詩人們，從人生社會的許多方面，可發現無限變化的詩底材料。例如，他們從酒館，妓館，銀行，工場，機械，刑場，軍隊，暴動等而經驗到詩底興奮，在這裏尋找新的詩的材料。而且，其他更瞑想底詩人們，對於人生宇宙的意義，更詩學底觀念到特殊的詩底東西。

所以詩的本質，存於個人的這一邊，而不在物的那一邊。若是，有眼光的人看來，則宇宙之一切事物或現象，會覺得完全都是詩底。不是詩底東西一樣也沒有。實在，詩人所應作的，乃在於對於人，認爲是無趣味，殺風景，俗惡，散文底這類東西，也能發現新底詩美，使詩的世界豐富。所以問題之所在，不是問什麼是詩底，而是問詩人感物的態度是什麼？此種特殊的態度，即是，詩底感動的態度，到底是什麼呢？詩底精神之本體是主觀，所以詩底感動之本質，其自身不外於是「主觀底態度」。換言之，由主觀底態度所看到的一切，其自身卽是詩底，能成爲詩的內容。

那麼，主觀底態度又是什麼呢？這在前面已經再三說明過。卽是，所謂主觀底態度，是不由客觀去認識事物，而使客觀融解於主觀之中，以感情的智慧去看事物。詳細的說，是對於物不見其爲物。而由主觀的感情加以認識，以融解於心情之感動或情緒之中，因而知其存在之意味。所有的詩人們，皆是由此主觀底態度來看宇宙。所以詩人看的宇宙，必定是有詩意的宇宙，其自身卽可成爲詩的內容。然而，非詩人素質的人們，則不是這種主觀底態度，而是由其他的客觀來看事物，所以縱使在形式上照韻律的規約，或者借用和歌俳句的格調，也寫不出在眞正文學批評上稱得上詩的東西。

由此，吾人可以很淸楡底把本質是詩的，和僅僅有詩之形式的東西，加以區別。如前面所舉之例，蘇格拉底之韻文或者是亞里斯多德的韻文，不是由眞正心情之感動而寫的；而是純粹在客觀的態度上，以認識爲認識，以理智爲理智所寫的。對於這，尼采的「查拉圖斯特拉如是說」（「Also Sprach Zarahustra」——Zarathustra 又作 Zoroaster，爲波斯妖教開山祖，一般引以作爲超人之意。），則是將哲學驅入於主觀之中，認識由感情所融解。所以後者是本質之詩，而前者則僅爲形式上似詩，而實際不是詩。然而，在這種場合，若使蘇格拉底，眞正感動於伊索之傳奇，由主觀的感情加以書寫，則這將不僅是形式的韻文，在本質上也可能成爲敍事詩。亞里斯多德的情形也是一樣。哲學而由主觀所寫出，便也能和尼采一樣。

前面所舉的其他例子，如鐵道歌，地理韻語，由和歌俳句之形式所寫的處世訓，道德訓之類，都與此相同。這些文學的作家們，一開始便沒有什麼主觀的感動，完全爲事實而寫事實，爲敎訓而寫敎訓。若是作者不是這種客觀底態度，對於某種道德或處世的觀念，直感到其在主觀中的心情之意味，則其表現至少是屬於本質上的詩。例如在孔子或耶穌的道德敎訓中，常常可發現是本質上應當視爲的詩的文字。相反的，某小說家們作的俳句，不管他如何盡了技巧與著想之妙，入於觀照的化境，但其所以使人覺得好像缺少了一點什麼，當作詩看，不曾將其融解於主觀之中的原故。

由上所述，讀者對於似是而非的詩與眞正的詩，借用的韻文與實際的韻文，應該能正確的加以判斷。要之，眞正的詩，是「詩底內容」反映在「詩底形式」的。所以那種無內容的韻文，不過是無實體的，欺瞞的幻影。但是，吾人怎樣能從實際的作品來判斷作者主觀態度的有無呢？一切的藝術，僅僅通過表現而始能理解。吾人對於在表現背後的作者的心理，態度，是完全不能推察的。並且顯現於表現上的一切東西，必然意味著某種的形式，所以眞正之詩，與似是而非之詩的區別，還是要在表現上以某種的形式來了解。

然而，此一問題，是屬於縱使用數字最複雜的微分法，也不能計算出來的言語的微妙而有機底關係。在這一點上說，藝術的意味，僅由直感才能知道。何以某種詩，應覺其爲眞正的詩，某種韻文感覺其不算是詩，實由於言語的語意，音韻等在配合中的複雜微妙的關係。並且這是任何人的理性所不能計算的（若是這能計算得出，人便能用頭腦創作名詩）。然而在此種場合，也只是大體的原則，通過一般的作品，能普遍底作不致錯誤的斷定。即是，眞正用感情所寫出的眞實之詩，其語言不是作爲概念來使用，而是融入於主觀底氣氛，情調之中，其自身即係表露著「感情的意味」。反之，似是而非的詩，其言語是作爲沒情感的概念，純粹在「知性之意味」上去使用（試將尼采的哲學詩，與其他學術的哲學，在此一點上，加以比較看看吧）。

所以，詩底表現的特色，其根本原理，不外是，不在「知性的意味」上使用語言，而訴之於「感情之意味」。詩之所以必須音律，畢竟也是因爲此一原理；所以決非爲了韻律而求韻律的形式，不過是因其自然的結果，而使詩成爲「韻文底東西」。要之因爲音律能表現出語言最強的感情，所以它決定了詩之形式，認爲是第一義的東西。然而在音律以外的要素中，言語也能表達「感情的意味」，即是，如現在所要說的，不把語義作爲概念使用，而將之融於主觀感情之中，所以也能表現語感中的氣氛，情調。並且，近代許多的詩（象徵派，寫實派，未來派等），特別重視這一點，這是大家所知道的。

因此，可以知道，詩的表現形式，不僅是音律，須與音律以外的要素（語感，語調）相結合，方始能完全。並且由此也可以理解到詩的音律性，不過僅係詩的重要之一部，而不必是其全部。實在，可稱為具體之詩的，應該是音律，語感等的感情要素，由複雜的有機關係所結合的東西；實不可將其一個一個的要素抽象出來加以思考。所以詩的形式應當如何下定義才好呢？詩是如辭書所說，是形式底韻文嗎？當然不是的。那麼，就廣義底解釋韻文這一語義，斷定其為可以包括自由詩及無韻詩的本質上的韻文嗎？這幾乎可以說是正確的。但是，這依然還未能說是十分週全。因為如前所說，世上既有有音律而無詩底精神的文學，這種情形既使在自由詩中亦無法保證其不會發生。

詩的形式是什麼？現在所剩下的問題是對此命題的解答。總覺得好像甚麼地方有一言而可說盡萬事，對詩底表現之全部而提出眞正清楚明白的答案存在，應當有此答案存在的。並且，若是此種解答能夠完全，此時吾人便可立刻正確而且完全的能知道詩底表現之為何物。因此就能更進而作徹底的思考吧。

原註：最近的世界詩壇，很顯然是成為散文底，唯物論底，機械觀底，甚至於是傾向於科學的。這表

面上好像是詩的散文底沒落；但實在並不値得著急。因爲這些東西，都是屬於詩的題材，而無關詩的本質底精神，換言之，這等唯物界，或機械界，是詩人所新發現的詩美，實屬於趣味的選擇。然而，趣味（卽藝術的題材）與詩之本質底精神無關，常隨時代而流動變化的。卽是，散文底東西流行的，而本質的東西不變；所以詩的精神是永久不會沒落。芭蕉爲說明此眞理，作成有名的「不易流行」的標語。詩人一定要是不易流行的。

第三章　描寫與情象

人的思想的表達樣式，原則上只有三種。「記述」，「說明」，「表現」。記述是敍述某種事情；在學術中，以歷史爲代表。說明是關於辯證或解釋的東西。一般的抽象底論文，及許多哲學科學屬之。所以記述與說明，共屬於廣義的學術而不屬於藝術。屬於藝術的東西，僅有最後的「表現」。當然，在廣義的藝術，——例如文學評論等——也有類似記述或說明的；但至少在純粹意味的藝術品（創作），完全無此要素，藝術常常是以表現的樣式來表達思想。

這裏，表現的形式，有音樂、有美術、有舞蹈、有戲劇、有文學，實在是形形色色。但是，若從本質的態度加以觀察，則一切表現畢竟不外於兩個樣式。其一爲描寫，美術小說屬之。描寫者，乃欲寫出物的「眞實之像」的表現，以向對象之觀照爲主眼的，知性意味的表現。然而其他的藝術，例如音樂、詩歌、舞蹈等，不是想寫物的「眞實之像」，主要是訴說感情之意味的表現，所以與前者有根本的差別。此種表現不是「描寫」。這是表象感情的意味，所以約言之，乃是「情象」。

像這樣，一切的表現皆可分類爲兩個樣式，「描寫」與「情象」。一切藝術——在純藝術的範圍內——總是屬於二者中之一。所有的藝術，不是「描寫」，便是「情象」。此外更無表現。若是有，則是二者的混同，居於二者之間的表現。例如巴蕾（Ballet）舞，和鬧劇（Melodram）等是。這些東西，一方是美術般的描寫，一方是音樂般的情象。即是，這裏是「知性的意味」與「感情的意味」相混合。但是，從大體看，巴蕾舞與鬧劇這種東西，主要是以感情爲本位，是屬於情象這方的藝術。對於這，純粹之寫實劇，是想訴說事實之意味的描寫。玆將兩派之對象列表示之：

情象—音樂、詩、舞蹈、歌劇
描寫—美術、小說、科白劇、寫實劇

說到這裏，吾人可以把前章所暫且擱下的課題，再行提出。詩是什麼？詩的表現的定義如何？詩與音樂相同，實爲情象的藝術。詩完全無描寫這回事。縱使寫外界之風物時，還是訴之於主觀的氣氛，作爲感情的意味而「情象」之。卽是，對於表現而言，所謂詩者，乃是將主觀的意味，融解於言語之節奏，語調，語感，語情之中，欲具體底加以表現的藝術。所以，給與詩以特色的決定條件，不必是形式韻律的有無，也非自由律的有無，而實關係於其表現的本質，是否是屬於情象的；若實是情象的，則其語言必然底會以「感情之意味」去使用，而具備着語韻，語調，語感等一切情底要素；所以其表現也必然有着音律底，韻文底特色；而且在語感或語情之點，也會十分具備着詩底氣息。

因此，詩與非詩的區別，在本質上，係決定於其是情象或非情象的這一根本條件。這一點明白掌握住了，則其他一切形式都不成爲問題，僞詩與眞詩，詩與非詩的判定，作爲文學的第一原理而理解到了。歸結起來，詩的正確定義，是卽作爲文學的情象表現。若作成命題，則成爲，詩是情象的文學。而且，此一定義，已說盡了詩的形式的一切。至少，在這一點，議論是已告終結了。因此，可以把上述的其他皮相之見的——但爲一般人所相信——詩之另外兩種定義，與最後所提出的新定義，併列如左：

A詩是形式韻文。

B詩是以音律爲本位的文學。

C詩是情象的文學。

三者之中，何者是眞的，則只有一任讀者的比較與判斷。然而，須先加以注意的是：三者之中，A是最狹義，B則稍爲廣義，C則是最廣義的。若加以詳細說明，A之中不能包括B與C，所以諸君若是選擇了A，則自由詩或散文詩當然不能安放在「詩」的中間去；然而，B則係較廣義的，所以其中可以包括定律詩和自由詩。可是，近來某種特殊的詩，例如在未來派等的某些人中所看到的繪畫樣（原註）的詩，依然須驅逐於詩範圍之外。因爲這種東西或全無音律，並且也不以音律爲本位。但第三種C的定義，則將一切的詩完全包括到裏面去了。

原註：忽視音律，像繪畫樣的詩，著者不能表好感。這種東西，忘記了語言連綴的特色，分明是文學的邪道。正道的詩還是不能不保持音律的「骨骼」。然而，詩的新定義的包括這一種，卻是事實。在此一範圍內，作者還是承認這種詩的。

第四章　敍事詩與抒情詩

詩的歷史，是從地球之西與東，同時各別發展來的。在西方，有希臘之詩；在東方，有日本之詩（按從歷史說，只有中國和印度的詩，始可與希臘相提並論。日本則遠爲落後）。並且西洋始於敍事詩，日本則始於抒情詩。此兩詩之歷史，無相互的關係，一直到最近，還是各個並行發展的。所以在吾人之立場來看的時候，應同時從兩方面作並行底觀察。但日本的事放到後面，此處先談西洋詩之歷史及其古典詩。

西洋詩的歷史，從荷馬的敍事詩開始。如人所知，敍事詩是以韻律的形式來歌詠神話，或歷史傳說的。究竟的說，是一種韻文傳奇，用音律所說的歷史。但是，眞的學術底歷史與敍事詩，在樣式的根本精神上是不相同的。歷史所要寫的精神，在於事實正確的記述。即是歷史家的認識，是對於事件看事件，對於現象看現象的眞正客觀底態度。反之，敍事詩是由主觀看事實，由感情的高翔的氣氛來詠嘆歷史。一言以蔽之，歷史是記述事實，而敍事詩則是「情象」事實。並且詩與歷史的分別，就在於這一點。

順便在這裏一述小說與歷史，小說與敍事詩的區別。蓋小說乃是描寫人生中的某種故事；所以在言語的廣泛的意味上，可以看作是一種創作底歷史，或者是散文的敍事詩。不僅如此，小說從其他更本質底特色來看，是站在和敍事詩相共同的精神之上。這裏，有人有時指小說爲歷史（文學底歷史）或稱爲散文的敍事詩。但是，這種說法，當然是語言上的比喩，具體上並不合適。明白的說，小說——不論任何歷史傳奇小說——與眞實的歷史是不同的，當然與敍事詩也是根本不同的。因爲小說的表現是「描寫」歷史上的事件，而歷史則是加以「記述」，敍事詩則是加以情象的。

敍事詩與小說的不同，有如琵琶歌與講談的不同。琵琶歌是乘感情之浪來說故事，而講談則恰像眞的一樣，寫實的來描寫故事。

類似於敍事詩的其他韻文，則有劇詩。其在舞臺的樣式，則稱爲詩劇。此種劇詩或詩劇，其所以和普通的科白劇不同，乃後者係以「知性的意味」爲主，將欲表現人生之實相；而前者則以「感情之意味」爲主，將欲表出神秘、莊嚴、優豔、典雅等情底意味或氣氛。卽是，後者的表現是「描寫」，前者的表現是「情象」。西洋的芭蕾、啞劇、歌劇（Opera），日本的能樂，歌舞伎劇等，其腳本的韻文——卽是劇詩——應當同屬於前者。

然而，西洋的古典詩中，在各種意味上，可成爲敍事詩之對象的，實由女詩人薩福

(Sappho) 們所代表的抒情詩。「敍事詩」與「抒情詩」，實爲西洋詩的二大範疇，所以一直到古典韻文已經完全凋落了的近代，依然以變相的形態，從本質上互相對立着。這兩詩派的對立，恐怕直到世界的末日也難免的兩大系統。然而，姑將此一解說，留在後面，現在就繼續着表面的說明吧。

作爲古典韻文的抒情詩，其形式、內容，大體類似敍事詩。然而，僅因爲某一點之不同，名稱也因之而異。其根本的不同，敍事詩是男性底（原註），而抒情詩則是女性底。詳細的說，敍事詩的題材是英雄、冒險、戰爭；其情操則高揚着雄大、莊重、典雅，豪壯等貴族底尊大性。反之，抒情詩爲主是歌詠着戀愛、別離；其情操則是哀傷底，情緒底，優美而溫柔的眼淚。所以 Lyrical（抒情詩底）這句話常指的是哀傷底帶着眼淚的情緒。反之，epical（敍事詩底）說的是意志堅強，尊大的鬪士，英雄感的興奮。更換言之，前者是旋律 (molodious) 的氣氛，而後者是韻律 (rhythmical) 的氣氛。

在古代希臘，此一敍事詩與抒情詩的特殊對立——此由荷馬與薩福所代表——到了近世的文藝復興期，也吸收了同樣精神之流而傳承下來。即是，敍事詩則有但丁、米爾頓這樣的詩人；抒情詩則有佩脫拉克(Petrarca)，薄伽邱 (Boccaccio) 這類的詩人。而且前者的詩材主要是關於神學、宗教、哲學等超現世的瞑想；其情操還是高揚着莊嚴、雄大、典雅，莊重這樣的貴族趣味。反之，後者的詩材，主要是取自戀愛及其他現世生活的實相；所以它是以通俗、輕鬆，不矜持的平民趣味爲其情操的特色。約言之，自希臘一貫下來的是，敍事詩之特色爲男性底貴族主義，抒情詩的特色是女性的平民趣味的東西。還有，前者是超現世底、超人性底；而後者是現世底，人性底。

然而這些古典詩，到了近代，卻遇着可悲的凋落的悲運。特別是從上古以至文藝復興期，極盡榮華的敍事詩，自十八世紀以來，已漸爲人所疏遠；到最近連影子也完全稀薄了。另方面，抒情詩的形式情操，也跟着起了變化；今日普通所說的抒情詩，與古典的韻文不同；乃指稱單純底田園風味的牧歌體的短篇詩。實際，今日文壇吾人所說的抒情詩，是近代的短篇詩，與古典的意味，已大相逕庭。因此，今日所說的敍事詩，與詩的內容無關，僅指短篇詩相對的長篇詩而已。

於此應當想想，爲什麼古典的長篇詩，到近代就衰歇了呢？那種從上古到近代之初期，像恐龍羣般橫行地上的巨大長篇韻文，竟在最近二三世紀之間，一時沒落以盡，這眞使人覺得是夢樣的天變地異。此一事實，定有其深刻的特別緣由。而實際上，就中是有充分的事實和原因的。至於其最根本的，眞正第一原因，在後面其他的章再談；這裏特意加以略去，而僅對於其他更表面底錯誤的俗見加以啓蒙。

任誰都明白可見的是，近代散文的發達。韻文的凋落與散文的發達，在近代歷史中，實成一反比例。昔日躲在敍事詩及劇詩的繁榮影子下不見踪影，被當作卑陋賤民看待的小說等的散文文學，從十八世紀末以來，一時迅速得勢；昔日的貴族，今日反而爲新底平民所慴服，被推出於文壇之外。這是什麼原因呢？據一般的解說，這個世界變動的眞正原因，是由於文明之進步，人變得較科學、理性底原故。理性底人，一切都喜歡客觀底、眞實本位的寫實主義的文學。像敍事詩這樣浪漫而情象主義的文學，在這種理智底科學時代，實不能不凋落。

然而，此種解釋果然合理嗎？若眞是如此，則近代應處於凋落之悲運的，豈獨敍事詩或劇詩？音樂、歌劇、舞蹈這些所有情象主義的藝術，因其非寫實主義之故，也不能不完全沒落。但是，像音樂、芭蕾，不僅在近代益加繁榮，而且比之於古代中世，卻更傾向於感情底，浪漫底，幻想底（昔日音樂係極理智的，已如前述）。

不僅如此。近代的短篇詩以浪漫派爲始，顯然都是感情的；比之昔日的敍事詩，此點卻是其特色。所以，上述的解說，分明不過是皮相的謬見。蓋人的知性與情性，常係並行而兩存；所以，一方前進，他方也前進。實無法想像推進一端，而另一端向後。

那麼，在近代初期，古典韻文的凋落，其眞正原因到底在什麼地方呢？如前所說這留到後章去解說，此處暫不深入。但是，至少，作爲表面的理由，現在所說的通俗的見解，恰恰得到相反的證明。卽是，文藝復興期以來偏重理智的啓蒙思想，在近代初期而發生反動，被深深壓抑於各人內心之感情，一時洋溢恣肆，衝破了隄岸，因此而成爲十九世紀浪漫主義的運動，對於非徹底韻文的敍事詩等，終因其非主觀的而被排斥，非感情的而被疏遠。實在比之於近代的新抒情詩，則敍事詩或劇詩等長篇詩，依然是很客觀的，不能說是眞正純粹的主觀表現。因爲這些詩是借材於歷史上的事件或寓言，半記述，半情象的；所以在更純一的立場看，不是眞正徹底的主觀，而是更近於歷史或小說的，半客觀的文學。

眞的，所謂純一的詩，不是這類的敍事詩，必需是更率直的歌詠主觀感情自體的東西。何以故？因爲詩的本質，其自身是在於主觀的表現。因此，近代短篇詩所走的路，是向主觀作直線的突進，是感情自體的直接的表達。然而，感情這種東西，在不借用其他之事件或題材時，完全是屬於無形的氣氛上的東西；所以近代的短篇詩，便顯然是傾向於氣氛的，情調的東西。而且，此一傾向之迫進，遂觸到形而上學的認識，必然的，導向「象徵」的道路。實在，近代詩的特色，是象徵性是與古代的抒情詩等，完全異趣。尤其是象徵派以後的新詩——寫象派、心象派、未來派、立體派、表現派等——特別以象徵爲其表現的一義。所以我們不知道象徵是什麼？便不能論近代詩。次章就對此加以論述吧。

原註：敍事詩與抒情詩，何者屬於男性。西洋許多文學者有不同的議論。有人以敍事詩爲女性，以抒情詩爲男性。有的人則與此相反。其所以因人而主張不同者，實因對於敍事詩的解釋不同的原故。即是，一方，以此爲表面底敍述事件之詩；在另一方，則從詩的本質的特色上看，而以其爲英雄感的東西。這裏，照前者的解釋，便以敍事詩爲女性底東西（因爲女性，都喜歡事件的細細描寫，所以沒有眞的抒情底表情。在此種意味上，女性的詩，本質上皆是敍事詩）。相反的，在後者的解釋，敍事詩是屬於男性的。作者是在詩的本質的特色上，——即照後者的解釋——使用敍事詩的語言。

第五章　象　徵

文壇這一世界，在認識上是披上雲霧的不可思議底朦朧的世界。這裏，儘管不停底在創造着各種觀念，使用着各種語言，卻在沒有一個意義明瞭的解釋，未能形成定義的確切觀念中，不斷的流行變化；空令散亂着的許多語言，在不可解的黑闇中，永像幽靈樣的迷惑着。

此處所說的「象徵」這一觀念，也是這種幽怨的亡魂之一；而且，儘管老早便輸入日本，一時流行於詩壇之上，卻很早便已衰退，且今日依然是不可解的殘留着。

所謂「象徵」，到底是什麼呢？一言以蔽之，象徵的本質，是指「形而上的東西」。本質上，形而上底一切東西，在藝術上都稱爲「象徵」。然而，形而上底東西，也可認爲主觀的觀念界，也可認爲客觀的現象界。換言之，也有時間上所能想到的實在，也有空間上所能想到的實在。這在藝術上看，前者關係於人生的理念，後者關係於表現上的觀照。這種，象徵便生出兩種不同的意味。先從前者說明。

如先前其他章所述，詩底精神的第一義感底東西，比什麼都更與宗敎情操相一致。宗敎情操的本質，是對於通過時空，永遠實在的某種形而上的東西之渴仰，是向靈魂故鄉的慕戀不已的傾訴。此種宗敎感的形而上的東西，特別是在觀念上所揭示的東西，在藝術上，普通稱爲「象徵派」。正如以前所述的，愛倫波—的小說，梅特林克的戲曲，可認爲是其代表。然而，在詩壇特別意識底打着此一觀念之旗號的一派，出現於十九世紀末葉的法國詩壇，世人特稱他們爲象徵派的詩人。

然而，如前所述，詩精神之第一義感的東西，都是基調於此種宗敎情操，所以若稱此爲象徵，則一切詩的最高感，必定都是象徵。例如就像在其他一章所說的（具象觀念與抽象觀念），芭蕉所理念的，石川啄木畢生所追求的，西行祈望在自然之懷中所看到的，哥德浮在觀念上的，李白所思慕的，驅使蘭波踏上漂泊之旅的，都是不可思議的「靈魂的飢渴」，是向着潛於認識背後的某種未可知的東西的實在底思慕。

事實上，一切詩人都知道這。尋詩的心，是一個難解釋的不可思議；是向着不知是什麼的某種實在感的癢癢的誘惑。實際，詩自身之本質感，一開始便是站在宗敎的情操上，托精神於象徵的本身。所以在眞正的意味上，詩壇上不應當有「象徵派」這一語言。所有第一義感底詩，不論屬於任何詩派的傾向——浪漫派、印象派、未來派、表現派——必然底，都應觸到靈魂深奧的象徵感。在這裏，詩壇之所謂象徵派，並非指的是一般底象徵精神之自身，而是指的特別揭舉此一概念的馬拉梅（Mallarme'）這一派的特殊詩格（朦朧詩格）。這是首先應明白的。

象徵這句話，另一面，又可從表現上說到觀照的形而上底東西。在本章，吾人主要是想從這方面明白解釋象徵的語意。因爲象徵的解說，雖然有許多人從這一方面下面下手，但沒有一個可與人以滿足的。許多人，僅以象徵解釋爲一種的「比喩」「暗示」「寓意」。當然，這種解說也不能說是錯。但是，極爲淺薄，一點也沒有觸到象徵藝術的本質。而且更滑稽的是，甚至把象徵解釋爲曖昧朦朧（法國的象德派便是如此）。我們應一掃這類妄見、俗解，在這裏，把「象徵本身」的本質觀，作判然明白的解說使人人都能瞭解。

(二)

所謂「認識」，就是要「抓住意味」。而且，意味有「感情的意味」與「知性的意味」兩種；在藝術世界是相對的，已如前述。然而，不論如何，無認識卽無藝術。因爲藝術是表現；而且沒有觀照卽沒有表現。

那麼，所謂認識，卽是說要「抓住意味」，這究竟是怎麼一回事呢？對於這的回答，就讓給康德的認識論好了。要之，意味的世界，是由人間先驗底主觀，由理性的範疇所創造出的。然而認識的樣式，有兩個不同的方法。一個是看一部分的方法，一個是看全體的方法。在哲學上，以前者爲抽象底認識，以後者爲直感底認識。但是，藝術家住的是直感底觀照世界，本質上，也與此相同有兩個各異的認識樣式。例如小說家的觀照是屬於前者，而詩人的直感則屬於後者。以下，就認識樣式之不同，稍作說明。

自然主義所敎的，美學是要人就世界原有之姿來看世界，作物理底沒主觀的寫實。此種寫實主義之愚劣，除了作爲啓蒙之外更無意味，已如前述。但是，這裏尙須加一根本的反駁。藝術家若眞以此種方法去作，則藝術家成爲無主觀的人，和無機物的照像機沒有甚麼兩樣。第一，若果眞如此，則表現是說的什麼？意味着什麼？完全不明白。即使是科學，也並非僅僅「照世界原有之姿來看世界」；而是要在事實或現象之背後，看出物質法則的普遍原理；在這裏，有科學之所以爲科學的「意味」。藝術的本質也是同樣的，是要在此現象的人生之背後，抓住某種深切的意味而表現之，始有其意義。若如自然主義所說，則藝術不過是胡說的胡說。

所以藝街的主眼點，不在於僅僅把各個的事實或現象，作無意味的敍述，無寧是直覺到在這些東西背後的眞正「意味的自身」，直接將其表現。那麼，爲了作這種表現，要取怎樣的認識手段才好呢？第一，若不捨棄自然主義底觀察，而採取與之相反的其他認識，便毫無用處。換言之，不是把對象中一個一個的部分作忠實的寫生，而是在本質上，從物的全體來加以直覺。

爲說明全體與部分的認識樣式觀，可以借用柏格森的比喩。實際，柏格森的哲學，在此點上是極力強調絕對觀的。他說，就像畫巴黎聖母院，既使畫匠將一部分一部分的印象加以速寫（Sketch）之後，再綜合而爲一，亦決無法全景底描出寺院本身的眞相。若眞想描出寺院之實景，則應不看各個的部分而直觀建築之全體。還有，吾人若將一首詩，一字一句的切開，再集合各個字句想以此綜合全體之意義，若事先不曾讀過此詩，則絕無法認識。所以不論怎樣集合無數的部分，也不能從這種綜合而知道全體。欲知道全體意味，只有直觀（引用「形而上學序說」）。

柏格森的認識論，立刻可以用到藝術之下。把自然主義的寫實論或其他一般小說家所作的有關人生現象，事件的部分描寫，無數底集合在一起，想由這些東西的綜合，表現一篇小說底意義，是決無法完全成功的。至少，這種手段，比之於下面所說的方法，不過是藝術上極幼稚的——因之也是效果很少的——認識樣式而已。更徹底的，眞的藝術的認識手段，不是部分的觀察事物，而是從全體上，作爲氣氛底意味加以直觀。換言之，不就物的寫實底形體來看，而是要在這種感覺底形體相之上作爲全體之意味的直感；卽是突入到形相以上，形而上的東西中去。

此種突入向形而上學底認識，吾人普通稱之爲「象徵」。所以象徵才是一切藝術認識的極致；寫實主義也好，浪漫主義也好，一切表現能上得去的山頂皆在此處。西洋的寫實主義底藝術家們，漸漸觸到此一秘密，開始知道表現的山頂底意味的，尚屬最近之事。然而，特別不可思議的是，日本從早象徵的意味便已發達。

這裏，爲明瞭象徵的本意，想就作爲其代表的日本藝術，作一大略之說明。例如，「能樂」便是如此。日本的能樂，與西洋寫實底戲曲及電影之類，其表現精神根本不同。在西洋的演劇舞臺，無論背景、人物、舉動，都是照事實寫實底反映出來。甚至，使眞馬在舞臺上馳走。然而，日本的能樂，則未見這種形態上的寫實，其意味是作爲全體而不可以感受到，強調着第一義感的東西。例如，在能樂，步行者不作寫實的步調，而僅營造一種可以給步行以印象與氣氛的某種藝術底「走的人」。還有，能樂中「悲哀的人」，在形上不使見淚或悲嘆，只在意味的氣氛上，表現悲哀的心境。這與電影中實際流淚的實況相比較，東西地球之相距，眞有十萬八千里之感。

在美術也是一樣的。西洋的繪畫彫刻，特用力於部分細節之描寫，以實物的風景或人物，作如實的寫生爲其主眼。然而，在中國日本等的美術，一開始，便完全忽視此種寫實，卽將物自身所有的本質底實有相，作爲全體的意味直接加以捕捉。所以東方的繪畫，或畫一竹，或畫一虎，是從形而上學的本質，直觀此植物或動物所有的實有相之眞性情或猛烈性，直接強調意味之本身。日本浮世繪的表現，在本質上也同樣是象徵主義，和西洋的油畫，根本不同。然而，將能樂與歌舞伎劇加以比較時，則後者更爲寫實；同樣的，若將日本的浮世繪，與中國的南畫或中國式的繪畫相比，則前者更爲寫實，實乃不可爭之事實。並且從這一點說，由浮世繪那種程度的象徵主義，漸漸成爲媒介，向西洋輸出。換言之，西洋人因日本浮世繪的刺激而開始有象徵的覺醒。

在西洋，對象徵主義開始有意識底自覺，是最近十九世紀末葉的事。而且，約在同一時期前後分別爲兩個藝術羣所主張。一是在詩壇的馬拉梅等的象徵派；一是美術界後期印象派的運動。對於後者而言，他們的美學，分明是由日本的浮世繪所啓示。它不看物之形體，而看物之本質；不描寫部分的細節，而直接表現物自體之實有相。特別，在此派的巨匠中，塞尚（Cezane）在觀照上最爲徹底。他把物質本有的形態感、重量感、觸覺感等東西，借由繪畫，在描寫出第三度空間。吾人從他所描寫的椅子而直覺到一切物質中普遍本有之實在。塞尚所畫的是一個哲學（形而上學）。

對於這，另一方面，詩壇所揭示的「象徵」的觀念，則極曖昧朦朧。充滿了意識的漠然之謎。他們勉強使詩語晦澀，使意味消失於不分明之中，而自信其爲象徵。蓋因爲他們，將對於由詩情操的宗教感所說的象徵，與對於由表現之觀照所說的象徵，在認識不足的漠然之霧中，將其曖昧混同了。然而，他們在與近代詩以象徵之自覺，及與爾後之詩派以感化和暗示這點上，實留下了永可紀念的功績。所以，彼等「象徵派」雖然亡掉，而象徵主義之本身則永遠不變。恰與「浪漫派」與「浪漫主義」的關係一樣。

最後，應當注意的是，最近的新小說（特別是法國的短篇小說），在描寫上，很顯然也成為象徵底。一方面，由於詩成為自由詩，而詩與小說極為接近，在外觀上幾乎不能區別。然而還是應該清楚加以區別。詩不僅是因其為象徵之故而成其為詩，更因情象之故而始成為詩的。

說得更周詳一點，象徵不是由知的「頭腦」所造出的，而是由主觀的感情所溫熱出的心情之意味。若象徵純由客觀底觀照而來，則這是屬於小說而不是屬於詩。在作新文學批判時，有必要把這一條線弄清楚。

第六章　形式主義與自由主義

在詩，音律是重大的要素；這幾乎是形成詩的形式之骨幹，已如前所述。然而詩所要求於音律的，是在於感情的強烈表露，未必是為了其節拍形式。當然，語言之思想表現，因是以「音」發出來，故大體上是受音樂原則的支配，這固然是不錯。但畢竟，文學是文學，語言也不必與音樂之規約相一致，不必常常機械底，規則嚴正底符合於樂典所定的韻律之形式。若有這種符節，也無寧是偶然之事。

然而，不可思議的是，古今一切詩的規約，都以此偶然的情況爲法則，把音樂的韻律形式照着移用於語言，以形成所謂「韻文」。實際，在長期的歷史中，詩都是用韻文之形式寫成；遂被認爲是因有此一形式而詩始成其爲詩。說來不可思議的是，古來一切詩之發生，何以都採取這種機械底，法則化的韻律形式呢？

對此的解答極爲簡單。誰都知道，詩在從前，是與音樂——恐怕也和舞蹈一起——都是配合拍板，或樂器，歌唱的。所以詩的發生，其形成必然是把與音樂和舞蹈相一致的旋律，作機械底反復，以形成其骨幹；這種發生的形式，就這樣傳到後代，隨修辭之進步，而成爲今天的韻文。然而，在詩已由音樂獨立而成爲純粹文學的今日，恐怕沒有再拘守作爲原始發生形式的韻律的機械規則的必要。我們爲什麼今日還須要學院的詩學，守着韻律學的煩瑣拘束呢？

今日之所謂自由詩，實從此一疑問出發。他們要從拘束的韻文形式中解放出來，而呼喚無拘束的自由的音樂。然而，在今日，自由詩還不過是詩壇上「一部分」，至少，在西洋，自由詩不是全般性的，而是屬於某一部分詩人的；其餘大部分詩人，今日依然不捨棄規則整齊的韻文形式。這是爲了什麼呢？是因爲他們的頭腦守舊頑固嗎？不是的。現代最進步的詩人，也常常固守着嚴格的韻律形式。就算是象徵派的詩人，被目爲歐洲自由詩之開祖的耶爾哈倫，後來也廢棄了自由詩，成爲最形式底押韻詩之作家。

只看這種規則整齊的韻律詩，今日尚與自由詩相對立把詩的形式分爲二，便可知定律韻文是有其獨自的意義。至少今日的定義詩人，不是因單純底因襲慣例，無自覺底寫古典底韻文；而是從中感覺到由自由詩所無法令人滿足的另一種適切之表現。那麼，彼等定律詩人所感受的特殊表現底滿足感，到底是什麼呢？蓋他們不滿足於詩的自由主義，而對於形式主義之精神，發生了美感的緣故。

所以，此一質問，未必是在今日詩壇上所發生的問題，而是很久以前，在還沒有自由詩的時候，已經有的舊問題。因爲，昔日，韻文中的形式派與自由派，也是以同樣的精神相對立。例如，同是古典詩，敍事詩與抒情詩便是如此。敍事詩與抒情詩，在昔日雖然均是定形詩，均遵守詩學所定的法則；但大概的說，敍事詩是形式主義的韻文，押韻的法則特別嚴重。而抒情詩在這一點卻較爲寬大，比較傾向於自由主義的精神。

還有，近代詩壇，在自由詩出現以前，也是以同樣的精神互相對立。例如浪漫派與象徵派的詩人們，大概都是站在自由主義的立場，討厭詩學上的煩瑣拘束。相反的，高蹈派的詩人們，則尊重典型的形式主義韻文。到最近，即在自由詩內部，也有兩派之對立，這只看日本今日之詩壇便可了解。日本最近的詩壇上，定律詩一個也不存在，都是自由詩；但還有比較上的形式主義與自由主義的對立；同在自由詩之中，而分派各異。

所以，上述的質問，其歸結，不能不觸到決定形式主義與自由主義之美的兩大範疇的根本問題。並且，不解釋此一問題，吾人可說對於詩還是一無所知。因爲詩的表現，實關係於此種矛盾的反對精神，在極微中的默契。可是，形式主義的精神是在何處？自由主義的根據又在何處？以下再繼續加以考察。

原註：藝術的形式，是內容的反映；所以眞正說，所謂「形式主義」，「自由主義」，不過是藝術上的妄言。然而，此種語言之存在，因爲在此場合所想到的「形式」，不是指的「表現的自身」而是指的由某種數量法則所規定的特殊的古典形式。因此，對於此種形式主義而言的內容主義，自然意味着表現上的自由主義。自由主義與內容主義，在藝術上的語言是一個等號。

第七章　情緒與權力感情

吾人普通所謂「感情」，包括氣氛色彩不同的兩種異趣的東西。一種是所謂「情緒

(Sentiment)，充滿了幽雅、眼淚、女性的愛情。另一種是充滿了男性的氣概，使人感到勇氣，伴隨着某種高翔感的興奮，普通稱爲「意志的感情」或「權力感情」(原註)。

人類一切的詩，不外乎是這兩種感情當中之一的表露。古來歷史上的一切詩，因此而在情操之分類中，判然分爲兩類。此卽前章所說的，古代希臘詩界中的敍事詩與抒情詩之對立。敍事詩以荷馬的伊里亞特（Iliad）爲代表，抒情詩以薩福的戀愛詩爲代表。並且前者是爲亞歷山大，凱撒的古代英雄們所愛讀；在他們的少年時代，便已養成其英雄的權力感情。而後者則更爲大衆青年所喜愛，養成了許多唯情的戀愛主義者。並且荷馬與薩福的對立，到了文藝復興期之後，更成爲但丁，米爾頓的莊嚴的神曲敍事詩，和另一方面的佩脫拉克或薄伽邱們的民衆的抒情詩的對立。這是已在前章說過的。

實在，這種敍事詩與抒情詩的對立，乃表示人類感情——情緒與權力的感情——的兩大分野。在有人文之歷史的範圍內，縱使其形式有變化，但其實質，必以何種新的樣式，經常的對立着。然而，因時代與文明的變遷，在某一時期，此方成爲「正流」，而另一方成爲「反動」，並不算稀奇。並且，在此情形下，被置於反動地位的，因其表面的意志被抑壓的結果，常常以某種變形的、歪曲的、逆說的、寓言的，作爲一個「可厭的東西」而映出其歪曲的形像。後章所說的近代的立體派，表現派的詩，乃同屬此一精神的系統。但是對於這的解釋，要留到後面。這裏，試就此種詩底情操所當投影的表現形式，加以考察。

感情之屬於南方者，即上面之所謂「情緒」者，其自身即是愛的本有感，所以它是以博愛、人道，一切柔和的道德情操爲基調。這種感情之本質，是充滿了淚痕，甜蜜的氣氛，好似小提琴的旋律（Melodious）一樣。所以，其思想的表現形式，必然要追求柔輭而流動的，輕妙的自由性。反之，「權力感情」，則追求有力的，骨格堅實的，節拍嚴正的韻律之美。並且從此類精神，而發生古代藝術中所看到的古典主義。此處順便談談古典主義。

古典主義與浪漫主義，實爲藝術中的南極與北極，世界終末的兩端。浪漫主義的本有感，是愛的旋律的情緒感，喜歡柔輭流動的自由，以內容爲本位。然而古典主義，則排斥情緒，厭惡感傷的氣氛，重視由均齊、對比、平衡、調和、數學法則等而來的形式。古典主義的表現，首先要求的是骨格堅實，有重量與安定及數學的頑固，可以說是「不動於物，直立不動的精神」。它飛越一切嫋嫋的，柔輭的，骨架不結實的，女性的纖弱的東西，而要求男性的嚴肅之美。

這種古典精神，正是權力感情的表現；一切都誇示貴族的尊大感。即是，其本質是形式主義的，重視儀容威權，而且特重視「莊重典雅」之美。所以古典主義藝術，整個在歷史的上古到中世特別繁榮。此一時期不是國家爲專制君主所支配，就是政權爲貴族所獨攬，或祉會是由封建武士所形成。故大部分藝術品，都是爲君主或貴族的榮譽，或爲滿足彼等權力感的喜悅之情所建造者。然而，到了近代的平民社會，此種藝術便根本荒廢掉了。近代新的趣味性，較之欣賞這種古典之美，實太過傾向於民主的自由主義。

於此，我們可以知道近代古典韻文凋落的眞實原因。那從上古到中世之末，像巨獸橫行的古典敍事詩或劇詩，爲什麼在近代的初期，就一時消滅了呢？其眞實原因，在於近代資本主義的發達。十八世紀以來，急速進步的歐洲資本主義的文明，一躍而造成平民社會，葬送了過去所有一切貴族的東西。社會成爲民主的；而且時代思潮之傾向，到處都充溢着人道主義，博愛主義或社會主義的所謂文化的女性主義。所以在這種社會，像古典韻文這種形式主義的文學，其被廢棄乃當然之事特別是屬於敍事詩這類的貴族趣味，被時代的先鋒判處死刑了。

近代文學的黎明，實由浪漫派的情緒主義開始。其精神是植根於資本主義的平民文化，表象着一切反貴族，反武士道的東西。換言之，浪漫派是代表反古典的形式主義之一切自由精神。他們的新詩，特別重視情緒，讚美戀愛；並且在形式上反對古典詩學的拘束的節拍本位，創造更自由的，悅耳的，內容本位的甜蜜的音律。他們討厭權威感，做作的，形式的拘謹的東西。凡浪漫精神之所到之處，終經過象徵派而遂完全破壞了詩的形式，對於一切韻律的音律，都抱有反感，於是產生了純粹悅耳的自由律的詩，卽今日之所謂自由詩。

然而，如前所說，人類的敍事詩與抒情詩的精神，是常常以某種形式，永久的對立着。在這一點上，不論近代的文明，怎樣充滿了女性主義，終究無法抹殺，潛在於人心深處的不易之本能。它們會以某種形態，作人所意想不到的僞裝，、手藏炸彈，窺伺於「反動」的窗口。並且，其他許多東西，則將更露骨的，從正面採取時代逆流的形式。

因爲這樣，所以卽在今日，自由詩與定律詩，依然平分着歐洲的詩界。卽是，有平民情操的詩人，多走向自由詩；有貴族的權力感的詩人，大概都走向定律詩。蓋貴族精神，其本質是古典的，而要求骨架結構的堅實之美。從他們的趣味看，自由詩好像是輭體動物一樣，不過是柔輭無力，沒有骨架的一個醜劣的蠕蟲類。相反的，在另一方面看來，則覺得定律詩是形式的，沒生氣的缺乏時代之流動感的東西。

原註一：「權力感情」這一語言，首先用強烈的聲調談論的，實爲德國的貴族主義者尼采。

原註二：德國音樂與南歐音樂之特色，恰係敍事詩與抒情詩的最典型的對照。德國音樂的特色，一切都是韻律的，節拍強而分明，有如軍隊的步伐，潛鬱而莊重。相反的，法意兩國的音樂，充滿了美妙底旋律，柔輭自由，富於變化。前者正是定律詩的音律美，後者則是自由詩的音律美。

第八章　從浪漫派向高蹈派

在感情中的兩大類別，卽是抒情詩底情操（情緒）與敍事詩底情操（權力感情），在人文中常常成對流，已如前章所述。文藝的歷史，實在，不外於是這兩個感情的反復，及其鬪爭的歷史。並且，一切的原則，常常由「反動」一語包括盡淨了。卽是，這方有壓力，另一方立刻便反動；一方占有時代，則在次一時代中便有另一方之興起。這種循環的反動，是力學所決定的眞理；會經由歷史永遠繼續下去的。而非任何時代，都決不可能僅有一方永久決定性的獨占人類的文明。

所以像今日，儘管近代文化都是女性主義，但在人心本源的另一部分，其權力感情的獅子，依然會猛然奮起。而且，爲了適合於時代的潮流，它在僞裝的女性化主義之假面下，隨時都磨礪着本能底獸牙。有如聰明的尼采所說，現代的女性化主義者（Feminist）——和平主義者、社會主義者、寫政府主義者——，都是穿着羊皮的狼；以食肉之鳥的猛厲之心，說着柔和底福音的傳教人。確實，他們的主義，是人道底；他們的思想，是民衆的。然而這些傳教人所意圖的，乃是在民衆身上下工夫，支配民衆，以號令文明的，貴族主義底權力感之高揚。並且，不論近代文明是怎樣的女性化主義與民主主義，也不能扼殺這些「僞裝的貴族主義者」。

回到詩的歷史本身上去吧。詩歷史中的古典敍事詩與抒情詩，已在前章解說過了。再進而對於浪漫派以後的新詩，與作爲文其姊妹的散文歷史，稍爲加以考察。如前章所述，近代的詩，是由浪漫派開始。浪漫派以前的詩，對於我們來說，是古典底，直接的關係很淺。所以浪漫派實係近代詩的開祖。今日所有詩派中作爲母音的東西，都胚胎於此。然而浪漫派的運動，並非僅在詩壇的局部，以小小的波浪開始；實是涉及文學，藝術，乃至社會思潮之全般而興起的空前的澎湃大運動。這是由盧騷所刺激的法國革命之延續，是資本主義文化初期之自由主義驚人的凱歌。

所以浪漫派的運動，是對貴族主義而起的平民主義的主張，對形式主義而起的自由主義的吶喊。它排斥藝術與文化中的一切的權力感情，抑壓一切的敍事詩底東西。以近代的戀愛爲主的抉情底小說，一時占新文學的大勢力，而驅逐了古典的形式韻文，也正是此時。這裏順便說一句，在古代是輕視散文的；到近代却成爲優勢，實因新時代的自由主義，對於韻文那種形式主義的文學抱反感，其意味轉到更自由的平民底散文這一方面的原故。並且，自由詩的本質的精神，同樣是表象着此一散文時代的趣味性。所以從此一意味說，自由詩愈是散文底——即是，愈是非格律底——愈是眞正本質的自由詩。

漫浪派的時代思潮，是由對過去貴族主義的反感，而抑壓了一切的敍事詩底精神。但是，對於這反動的逆流，當然不能不繼之而興起。而且，此一反動，實從藝術之各方面都爆發開來。然而，這裏僅對於詩與小說的文學，而看其反動的歷史便已夠了。先從小說開始吧。在小說中，浪漫派的反動思潮，是大家所知道的自然主義。此一在法國所興起的自然派的文學主張，在本質上，它是意欲着什麼？以什麼爲特色呢？在其他各章已經屢屢說過了。卽是，它是「否定主觀的主觀主義」的文學；是當時熱情的人道主義，反叛浪漫派的人道底感情主義，叫喊着要虐殺愛或情緒的，一種被抑壓的敍事詩精神的爆發，這正是文學上權力感情的高唱。

所以自然派的文學論，實係在散文形式的底子上，常常露着古典主義的精神——沒有形式的古典主義——。換言之，他們在本質上是要求一種謹嚴底，堅確踏在大地之上的某種強力的有現實感的文學。並且他們討厭浪漫派的女性，淚痕的，輭輭的自由主義的精神，和它那嬌媚的旋律之美。所以自然派的文學論，對於浪漫派常作如次的非難：「腳跟離開大地」「腰是搖搖擺擺」，「溺於浮薄的陶醉」；並且他們正是以「腳跟完全站在大地上」的骨骼結實的寫實主義的文學自任。

像這樣，自然派所意欲的，分明是向浪漫派的反動，是對於抒情情愫而來的敍事詩底力感情的反抗。所以，在倫理感上，他們也反對浪漫派，反對愛，人道，女性化主義，而想到更貴族主義底康德的義務感——據康德說，道德的本質卽是義務感——。並且他們從這種倫理感而製作出意氣頹廢的，逆說的，諷刺的，性虐待狂的，暴露狂症的文學。它們是由描寫人生的汚穢，暴露社會的醜惡，而自己高翔向一種征服底權力感。

此一向浪漫主義的另一反動，同樣也在詩壇上也喚了起來。此卽高蹈派(Parnassian)的一羣詩人。他們幾乎是徹底的從正面高揚於貴族主義。他們在一切素質上是與浪漫派不合的詩人。恰與小說中的自然派並行，敵視浪漫派，申述各種反對的意見。第一，高蹈派徹底排斥自由主義，憎惡浪漫派的悅耳底美妙的音律感。並且他們自身重視根據嚴肅底法則的形式，自己誇稱是「語言上的哥德式（Gothic）建築」（Gothic 建築，是古典主義的典型）。他們還排斥一切情緒感散東西，或曖昧茫漠的東西；偏於尊重判然明白，理路整然的詩。

高蹈派的詩人們，正如此派的名稱所示，常取高蹈超俗的態度，輕蔑民主的思想，矜誇他們高出於時流之上。他們實在是近代女性主義文化從正面來的反動主義者；是不戴假面的，正直的——或是呆拙的——正牌的貴族主義者的一族 他們憎惡新聞主義(Journalism)憎惡時流的東西。 並且遠慕歷史的過去， 馳思於中世的懷古。 特別是他們中的巨匠李爾(Leconte de Lisle)， 們憎惡現在人類生活的本質， 從否定宇宙一切的叔本華底厭世感的虛無主義中，以狠毒的挑戰態度，把浪漫派的感傷底愛或人道主義，視爲不潔的東西而徹底加以排斥。 實在的，高蹈派的貴族們， 是要從詩中完全驅逐情緒， 虐殺人情，才覺得痛快。

這種高蹈派的態度，正是詩中的自然主義的態度。唯一的不同點是，自然主義重視社會性，正視現實生活；而高蹈派則係以白眼看人類社會，深徹於眞正孤獨底貴族主義，而陷進獨善生活的雲層中。因之，自然主義的憎惡是指向人生；而高蹈派的憎惡，則指向「宇宙存在」自身的本性。即是，小說走向科學，而詩人則走向哲學。並且，由此種不同，當自然派陷入於「爲生活的藝術」與「爲藝術的藝術」的矛盾，弄成主張與作品之奇怪錯覺的時候，另一方的高蹈派，則標榜着徹底的藝術至上主義。

高蹈派還從詩中拒絕一切的主觀， 標榜純粹的客觀主義； 這與小說的自然主義根本一致。實際，高蹈派與自然主義在藝術本質之點上，是聯盟向浪漫派進攻的敵人。然而，吾人對於這種反抗詩派的主張，有一個不能接受的疑惑。因爲詩的本質，如以前所說的，是主觀底東西，所以吾人無論怎樣，不能想到如高蹈派所說的反主觀的詩，客觀主義的詩。並且，同樣的也不能在詩的世界中想像出可稱爲眞正意味的藝術至上主義。詩必定是主觀主義的文學，因之，不能不是「爲生活的藝術」。所以高蹈派所說的反主觀，乃至藝術至上主義，恐怕與吾人所想的多少有點不同。然而，此種辨證，且留待後面再說。次章不能不說高蹈以後的詩的歷史。

第九章　從象徵派向最近詩派

文藝的歷史是反動。詩壇由於過份受高蹈派的形式主義之壓迫，接着求表現之自由，高喊情緒之解放的新浪漫主義的復活，亦必然應運而起。實際上，此一反動也很快的到來了。這卽是近代詩壇劃時代的象徵派運動。

象徵派的新運動，在其本質上的精神，正是浪漫派的復活；它是要在派中取回被虐待的自由與感情的革命。他們首先反對高蹈派的形式主義。他們討厭那種炫學底東西，反抗貴族的尊大感；以民衆底不做作的直情主義，坦率的說自己的思想。象徵派的詩人們，又特別強調主觀。他們愛那種由甜蜜的情緒融入於音樂的旋律之中的詩。並且忽視韻律的形式規約，與詩學派之高蹈相衝突。其結果，由愛爾哈倫們開始大膽行動，完全與詩學派絕交了。換言之，它們破壞詩的韻律法則，產生了今日之所謂自由詩。蓋因浪漫派精神的推動，經過象徵派而到達這裏，乃自然之事。

象徵派乃對高蹈派之反動，喜愛朦朧的詩境，討厭判然明白的東西（判然明白，乃高蹈派的標語）。據象徵派的想法，詩的情趣存於「朦朧的神秘」，在於意味之不分明。並且，一般象徵派的特色，在這點上，顯著的太被誇張了。然而從詩派運動的本質看，象徵派的眞生命，實存於浪漫派的新的復活。他們把由高蹈派所虐殺的自由與情緒，以一新的哲學形式而將其喚回到歐洲的近代詩壇。所謂新的哲學是，在詩中加深瞑想的實在觀念；在這一點上，與浪漫的純粹情緒主義，有其敎養上的區別。要之，他們是浪漫詩人的更觀念化的變形。

此一象徵派的運動，一時幾乎風靡了歐洲的整個詩壇。好像不是象徵派的人，就被認爲不是新時代的詩人一樣。然而，反動卻以必然不可避免的法則興起。第一，接着而起的詩壇，排斥象徵派的曖昧朦朧。並且傾向於要求印象確實，強有力的表現其意味。事實上，象徵派以後的詩壇，在其所謂「印象的」這一點上，有其顯著的特色。並且最近的許多詩派，即是寫象派、未來派、立體派、表現派、達達主義（dadaism，藝術上之虛無主義）等東西，一時，相繼的出現。以下，試略述諸派所共通的一貫精神。

最近詩派的本質，一言以蔽之，是「向象徵派的反動」。即是，他們排斥情緒，強調某種被抑壓的權力感情。特別是立體派、未來派、表現派等。他們彼等的詩的情操的本質感，是某種倔強的、歪曲的、奇怪的、可恨的、殘酷的東西的表現。在那裏，似乎存有以否定權力爲痛快的某種逆說的英雄主義；執拗倔強的虛無主義；正在那裏浮着冷笑。的確的，近代詩中一個共通的強烈情操，是想以某種虛無的權力感，去歪曲物質的本性，把世界很奇怪的加以扭曲，具有意志力學的意味。就中時常都是以科學的唯物觀與宿命觀，苦苦的去情象人生，想以機械與鐵槌的重壓來錘打出詩來。

有這種內容的詩，在形式上反映爲何種表現，不待想也可明白的。最近許多的詩，在這一點上，是完全與象徵派相敵對的。象徵派那種悠閒美妙的柔輭的自由律，由於最近詩派的趣味性而引起激烈的反感。表現派與立體派所求的，是要由鐵與機械所構成的架構堅實富於韻律的東西，即是，必須是古典的形式詩體。但是，他們已經過了象徵派，受過了象徵主義的洗禮，所以不想回到與古典主義中除掉其古風之美與詩學及其新樣式。

因此，立體派與未來派，由他們獨自特異的意匠，而創造出另外的新的古典主義。即是，把言語作機械學的排列，給韻律以力學的法則，或者造出金字塔式的象形詩形，創造一種新樣式的函數的古典主義。這些新的古典主義，與過去高蹈派所墨守的詩學的古典主義完全不同，呈現很新奇的外觀。新時代的東西，其法則更是變態的，有着更是函數的能夠變動的韻律自由。然而這種詩形所根據的精神原則，本質上與過去的古典主義是一致，同樣可以看作是一種造型美術——語言上的哥德式形築。

這種新傾向的所歸，使詩遠離音樂，而導向美術（原註）的那一方面。實在的，最近的某些詩，完全忽視了音律要素，只把言語作象徵的排列，想由此而得到某種繪畫的或造形美術的效果。並且此種新形式主義所到之處，其走向必然傾向唯美主義。即是，從詩裏面移去內容的東西，導向形式的純美，而走向作爲藝術貴族主義山頂的唯美主義。此種唯美主義的東西，實係最近詩界中顯著的特色；他們許多的哲學，在這裏，都是爲了「由美與唯物主義所辨證的科學之實證」，盡其保險的任務。但是，我們對於這種過於科學的，過於藝術至上主義這一派之詩與詩人，有一個根本的懷疑。至少，對於他們不能無所警告。其理由可留在次章說明。

要之，最近詩壇，是對前代象徵派的反動，是對於抒情詩的詩情，而來的敍事詩的詩情，而來的敍事詩的詩情的最活躍的時代。把這作社會性的觀照，則是對於民主的東西而來的權力感情的虛無的反動。（前面所說的唯美派與藝術至上主義所以興起的理由，實在於此）。然而，在此一現狀的深處，欲挽回時代的次一反動，欲早已備好的並又漸漸浮現在詩壇的意識。即是，近來外國詩壇所議論著的正統派——欲將詩返回到純一之情緒的一派，及其他想吸取浪漫派之正流的一派，都是給與卽將到來的次一詩壇以意味深長的預言與暗示。畢竟，詩的歷史，是「從反動向反動」的一條長流，是無限無際的軌道；所以今日的正流，成爲明日的逆流；明日的逆流，成爲今日的正流；關於這點的價值與邪正，是現在的批判者，所不能斷定的。

以上所述，是對於歐洲詩壇的觀察。但最後想談談日本的詩派。因爲日本也有象徵派、高蹈派，或未來派、達達派等與歐洲的名稱相同派別。對於這些日製詩派，吾人沒有多說的興味。在日本的文學流派，大抵是受皮相的新聞主義的影響，不外是好新奇自命爲新人，好炫耀學問、輕薄的接受了西洋報紙的文藝及政治欄的東西而已。所以吾人應當說的，日本的象徵派或高蹈派等，除了在名稱上與西洋的東西相一致之外，是與西洋的原物毫無關係的某種特殊的東西。

原註一：自由詩之起源，在歐洲是象徵派。但在美國，則在此以前，民衆詩人惠特曼（Whitman）

創造了獨自的特異的散文詩。

原註二：詩近乎美術的樣式，當然不過是僅從外觀上看。在本質上，還是由象形的，像音樂樣的加以情象，決非像小說樣的描寫。然而，不論如何，此一趣向，在正道的表現上還是忘掉了語言的特質。

第十章　詩的逆說精神

（一）

在詩裏面，主觀派與客觀派的對立，在日本則成爲和歌與俳句的關係，已如前章所述（前章略）。在這一章，想根本的解決在西洋詩中同樣的對立關係。蓋此一問預之解決，乃詩論最後所應提出的大問題，是接觸到了詩的最深神經的眞正根本的結論。

在西洋詩中，分爲內容與重形式的兩個系統。然而，詩的內容是屬於主觀，形式是屬於客觀，所以在這種地方，與日本相同，依然有主觀派與客觀派的對立。屬於主觀派的是浪漫派或象徵派的詩；屬於客觀派的則係古典派或高蹈派的族類。前者是感情本位的自由主義，後者是詩學本位的形式主義。

此一相同的對立，另一方面，也可從詩的情操方面加以考察。即是，已如前面他章所述，歐洲詩的歷史，實在是抒情詩與敍事詩之對立，是詩情中「情緒的東西」與「權力感情的東西」的不斷交流的二部曲。然而，情緒的東西——浪漫派也好，象徵派也好——必然會立脚於自由主義的精神；而凡是權力感情的貴族主義的東西——古典派也好，高蹈派也好——必傾向於形式主義；所以歐洲詩中主觀派與客觀派的對立，自然不外乎是抒情與敍事詩的對立（所以近代新形式主義的諸詩派——未來派、立體派、構成派等——在語言本質上的意味而言，皆屬於客觀派的敍事詩。此類詩，實可稱爲近代的敍事詩）。以下，吾人想把詩中的主觀派與客觀派，即抒詩與敍事詩的關係，就內容與形式兩方面，從根本上加以論定。然而，在這以前，不能不說到西洋詩中的主觀派之對立，是與日本詩中的兩派對立，關係不同這件事。

日本主觀派與客觀派的對立，是和歌與俳句的對立。故在此情況下，和歌應該相當於抒情詩，俳句應該相當於敍事詩。然而，此種比較，根本是錯誤的。因爲和歌縱使是抒情的，但俳句決不會是敍事詩。日本的俳句不論從內容看，不論從形式看，與西洋的敍事詩毫無相似之處。日本的特殊之點，乃一切文學，都是內容本位，無一如西洋之眞正意味的古典。因之，日本沒有語言嚴格意味的「韻文」，這種形式主義的文學並未發達。因爲日本缺少形成此種文學內容的敍事詩的精神。

（二）

在藝術，內容屬於主觀，形式屬於客觀。所以，順著客觀前進，最後必到達純粹的形式主義，卽是古典主義。事實上，古典主義的精神，是藝術所能到達的最寒冷的北極。在這裏，屬於主觀的一切溫情感，都隨內容一起被逐出。只有純粹形式美的氷凍的理智，這裏結晶。卽是，古典主義的方程式，是均齊，對比，平衡，調和的數學的比例；在此一冷酷而沒人情味的冰山，任何人性的血液均將凍結。這裏有由理智與數學所凝固的，結了冰的結晶的「純美」；用大理石所彫刻的造型美術，在這裏以立體結晶的冷酷姿態屹立著。

實在，古典主義的藝術，是由數學來創造美，想以機械，圓規及尺，製造人模型的眞正殘忍刻薄的純美主義的藝術。在這裏，一點也沒有溫情感的主觀，只有純潔客觀的知性的形式美。但是，這樣的古典主義，爲什麼會與詩的表現結合呢？實在，吾人所不可思議的是，像這種屬於藝術北極圈的古典主義，和屬於藝術南極圈，以主觀的熱情爲本位的詩這種文學，有什麼結合的必然性呢？在這種凜冽氣溫之中，我們過於熱情的詩人之血，爲什麼能不被凍死而繼續地歌唱著呢？

但是，不妨再想想看。像上述意味的形式主義——這僅重視數理的形式美，想從藝術中拒絕一切內容——到底眞的存在詩的世界裏嗎？縱使有，則這種文學，果能作爲詩而得到正當的評價嗎？實際，吾人在某種末期的詩派中，可看出此種形式韻文。例如，高蹈派的末期詩人，從他們的詩派中失掉了懷古的浪漫情調或困人的厭世感——這本是高蹈派的詩——偏於走向韻律的詩匠的完美，想把詩建築爲造型美術一樣。換言之；他們不是從「心情」(Heart)產生詩，而是想由智的頭腦(Head)去製造出來。

這一種類的文學，眞正可以稱之爲詩嗎？的確，它可以成爲一種美。但，至少它不是詩。因爲美的東西，並非一定是「詩」。詩不應說是純美的東西，它在本質上，應該有更多的人性溫情感的主觀。至少，吾人可以確切的斷定一件事情。即是，詩是應當從心情產生；而不是僅用機智或趣味所意匠的頭腦的東西。所以詩的形式主義，僅在保有作爲內容的詩底精神，即是保有主觀的限度內，才可被允許；無主觀的純粹的形式主義，雖然是一種數字底純美，但斷不能稱之爲詩。

那麼，何以詩人的主觀，在表現上選擇這種知底古典主義呢？詩是感情的文學，是在主觀之南極的藝術；但卻選定了古典主義這種北極的寒冽的形式；互相矛盾的內容和形式，彼此結合，這是多麼不可思議之事。然而此一疑問，已在他章（形式主義與自由主義）概略的解說過。即是，詩的形式主義，本來僅與敍事詩的精神相結合。並且，這種敍事詩底精神，從它貴族底權力感情之高翔，在形式上要追求端莊，典雅，嚴肅，韻律整齊，架構結實等東西，便必然會有此種結合的。尙令人存疑的是，追求這種英雄底權力表現的詩人，果然是眞正的英雄嗎？

對於此一疑問，吾人可明白答之曰「否」。古來幾千詩人中，有那一個是眞正的英雄人物？他們中的某些人，有時表現出像勇士、英雄樣的行爲，然而這不過是外表上的演劇。眞正的說，所有的詩人，都不過是女性底，神經質底，多愁善感的有著一顆纖弱之心的感傷家罷了（不如此，何以能作詩呢？）。若是說出一個決定底事實，則詩中的一切英雄主義，畢竟不過是「逆說的東西」。換言之，所有的詩人，因爲他向英雄的憧憬而作出 Odyssey 或 Iliad 那種勇敢的，富於權力感的高翔的詩。事實上，他所「憧憬」的是不屬於他自己，不爲他所有的東西。

然則詩的本質感是什麼呢？詩是向不存在（Sein）的東西」的慕戀。現存的東西，已經擁有的東西，常常是沒感情的東西。詩人之心，常是向著現在沒有的東西伸出熱情之手。並且，有許多詩人，鬱鬱於自身的存在，對於自己感到憎惡與嫌忌。恐怕他們對於自己的詩人性格，而自覺其是世界上很愚劣的東西。並且，從這種反動，而憧憬著具有頑強之心，粗壯的神經，大無畏勇往直前的眞正英雄的事物。

所以詩中的權力感，常常是弱者對於所無之物，不能自由得到之物的一種人性的奮飛之願。換言之，詩人是想由作詩以得到從表現而來的權力，得到貴族的現實感。對於荷馬來說，在他寫伊里亞特的時候，那個難看的放浪詩人，實是特洛伊（Troy）戰爭的勇士，是阿基利（Achilles）。但是，反之，荷馬若是眞正的英雄，則恐怕他不會寫這種詩吧。他無寧是從開始便成爲特洛伊（Troy）戰爭的勇士，像阿基利（Achilles）那樣，在戰場上成就功名。再說，但丁，米爾頓，或者高蹈派的賴爾，一切詩人，都是如此。儘管他們有一切偉大的藝術莊嚴感，而實際，不過是心軟的詩人，是神經質而善感的人物。

所以詩的古典主義，是過於熱情的詩人之血，在北極的結冰風雪之中，以意志被抑壓爲痛快的一種逆說底詩學。就中他們所求的，是斯多噶式底嚴正格律的，堅實底韻律的架構；並且要從一切意志抑制中，壓迫一切不徹底的主觀，扼殺感傷的情緒。反轉來，是要從強烈中飛躍出去的意欲。近代新形式主義的立體派等，其精神正是出於同一的基調。所以在他們的詩裏面，常常藏著歪曲的，執拗的東西，對情緒懷有叛逆性的敵意。並且，所有古典式的詩的主觀，實際存於此種逆說底虛無的熱情之中。

因此，這種詩是由抑壓主觀而反使主觀飛躍，由苛責情緒而卻反強調著最強烈的感情。並且，正因爲如此，才使「詩」能具有詩的魅力。若是眞正抑壓了主觀，扼殺了情緒，則那裏還有詩之所以爲詩的魅力呢？此時如前所說的成爲冷的理智底文學，沒有精神的形式美的造型物。

吾人不管在任何懷疑思想之「極」，均不能把詩的本質認爲是沒感情的東西。數學底（原註）形式，可以稱爲單純的「純美」，決不屬於詩的本質。畢竟不管是在任何古典形式中，都必需是主觀感情的燃燒，生活理念的痛切底傾訴。所以詩的本質，常常必是「爲生活的藝術」，而不能屬於眞正的藝術至上主義。可稱爲眞正的藝術至上主義的，是指藝術中的科學家的態度而言。卽是意味著那種埋首於研究室之中，超越一切生活感，人情味的眞正的學究三昧的態度。在藝術家裏面，吾人常常在某些畫家或美術家中發現此種例子。他們才眞是藝術三昧，眞是獻身於爲表現而表現。然而吾人所知道的任何詩人，卻決不可能是藝術至上主義者。何以故？因爲詩人甚至在藝術上，應當是科學家的，卻過於人性化，懷著一顆過於意志柔弱的心。詩人與其是表現者，無寧更應該是生活者。也因此，藝術至上主義者不是詩人，不過是對於詩人的「英雄」而已。

要之，詩人——任何詩人——畢竟不過是主觀底感情家。正因爲他們是過於詩人底，所以他們便反動底抑制主觀，叫喚著情緒的虐殺。然而，由這種叫喚，反轉來，卻更得到詩人底興奮，更成其爲感情底（Sentimental）。所以詩中的主觀派與客觀派，儘管表面上是對立，但站在絕對的上位，則都有一個共同的詩觀，一副共通的情感。並且，若是沒有本質上的情感，則實在沒有所謂「詩」的文學。所以尼采所嘆息的是，他不管怎樣也是詩人，再怎樣也無法超越過詩人。但是，他若不是詩人，則會成爲黑格爾樣的學者；並且他若眞正是具有鐵的意志的人，則恐怕一開始便沒有任何超人的出現。實在的，詩是向現在不存在的東西的憧憬；是希求保有的「自由的欲情」。

所以詩人愈是氣質上的感情家，反轉來愈能成爲英雄底敍事詩的作家。詩人高翔於權力感情之上，乃是駱駝想成爲獅子；是超人由沒落而開始的人間悲劇的希臘敍曲。一切文明的源泉，都是從此種敍事詩開始。所以詩中的英雄主義，本質上是「悲痛者」的情操。甚至可以說，敍事詩的眞正魅力，正來自此種悲痛感。把悲痛感除外，則任何敍事詩也沒有誘惑力。像哥德的浮士德，但丁的神曲，是如何的使人感到這是從人的弱小的無力感而想飛躍向某種超人的東西的悲痛底歎息。並且中國詩中的許多東西，正是以沈痛無比的聲音，慷慨悲歌著人生社會。正因爲這樣，像這種詩，才是最感情底，感傷深刻的詩。

所以敍事詩乃是「逆說的抒情詩」；乃是詩對於詩的反語。恰如科學是人生中的詩的反語，小說是文學中的詩的反語一樣，敍詩是詩中的詩的反語。換言之，這是由對主觀的反動所最強調的主觀精神。所以眞正純一的東西，是主觀中的純主觀；在詩中可稱爲純詩的，恰如愛倫坡（Poe）的名言所說的一樣，只有抒情詩（實在可稱爲詩的，不外於是抒情詩）。其他的一切，都不過是反語，逆說。

說到這裏，詩的正統派，遂不能不歸於浪漫派。何以故？因爲浪漫派一開始便是由純主觀的情緒主義所建立的。不僅如此，浪漫派是以戀愛爲中心底東西；蓋戀愛的情緒，是一切主觀中最感情的：有著最甘美的陶醉；然而它的感傷或陶醉感，正是抒情詩之所以爲抒詩的眞正本質。在這裏，若是把愛倫波的話附加一句，便可說「實在配稱爲抒情詩的不外於戀愛詩」而作此主張的浪漫派，才正是詩派中的正統主義。

原註：抒情詩的感情與敍事詩的精神，完全是屬於同一線上，此種情形由下一事實也可以明瞭；卽是，許多詩人，都是以一人而兼具備著兩面的詩情。例如哥德，席勒，拜倫，雪萊，都是情緒纏綿底戀愛詩的詩人；而同時寫著英雄的敍事詩。不僅如此：像雪萊，拜倫，一方戀愛，一方

像義士樣的戰鬥。到了尼采，則可說是最典型之例，他給他妹妹的書簡，眞可謂盡了女性愛情的優美。所以公平的說，僅有好的抒情詩的作家，才能寫出好的敍事詩。

國家圖書館出版品預行編目資料

詩的原理

萩原朔太郎著；徐復觀譯. – 修訂三版. – 臺北市：臺灣學生，1989.01
面；公分

ISBN 978-957-15-1600-4 (平裝)

1. 詩評

812.18 102022492

詩的原理

原著者：萩原朔太郎
譯者：徐復觀
出版者：臺灣學生書局有限公司
發行人：楊雲龍
發行所：臺灣學生書局有限公司
臺北市和平東路一段七五巷十一號
郵政劃撥戶：〇〇〇二四六六八號
電話：（〇二）二三九二八一八五
傳真：（〇二）二三九二八一〇五
E-mail: student.book@msa.hinet.net
http://www.studentbook.com.tw
本書局登記證字號：行政院新聞局局版北市業字第玖捌壹號
印刷所：長欣印刷企業社
新北市中和區中正路九八八巷十七號
電話：（〇二）二二二六八八五三

定價：新臺幣二八〇元

一九八九年元月修訂三版
二〇一三年十一月修訂版三版二刷

81007

ISBN 978-957-15-1600-4 (平裝)